지구 끝까지 쫓는다

지구 끝까지 쫓는다

전재홍 지음

대한민국 최장기 인터폴계장의 국제공조 수사 일지

21세기북스

일러두기

———

이 책에 등장하는 피의자나 피고인 중 대중매체를 통해 이름이 알려진 이들은 실명으로, 기존에 알려지지 않은 이들은 익명으로 표기했다.

해외로 도망간 범죄자도 끝까지 처벌된다

국외 도피사범,
해외로 도망간 범죄자들

언론보도에서 중요 사건의 피의자가 외국으로 도피해 신병 확보에 나섰다는 소식을 가끔 볼 수 있다. 2022년 화제의 드라마 〈수리남〉은 마약 밀매 사범 조봉행이 브라질에서 체포되어 국내로 송환되는 이야기를 다룬다. 범죄자들은 왜 굳이 말도 잘 안 통하는 해외로 도피하는 걸까? 가장 큰 이유는 당연히 국내에 있다가는 경찰에 검거될 확률이 높기 때문이다. 대한민국 경찰의 범인 검거 능력은 세계적으로 정평이 나 있다. 범죄자들이야말로 한국 경찰의 활약상을 잘 알기에 한국에 머문다는 건 아주 부담이 되는 일이다.

　우리나라는 면적이 100,431km²에 불과하여 크기로는 세계 108위이다. 드라마를 통해 잘 알려진 남아메리카에서 제일 작은 국가 수리남(163,820km², 세계 91위)보다도 작다. 게다가 삼면이 바다로 둘러싸여 있고 북쪽으로 도망가기에는 더 무시무시하니 어디 마음 놓고 숨을 만한 곳이 없다. 요즘에는 해외로 가는 비행기를 예매하기도 너무 편해졌고 출국 절차도 간소해졌는데, 이런 편리함이 해외 도피 범죄자가 증가하는 데 한몫을 하고 있다.

범죄자들은 주로 어디로 도망을 갈까? 거리상 너무 멀지 않아야 하고, 의사소통에 어려움이 없어야 한다. 또한 한국 음식과 문화를 접하기 쉬운 국가를 좋아한다. 이런 이유로 한국 범죄자들이 선호하는 국가는 중국, 필리핀, 태국, 베트남, 캄보디아 등 동남아 국가들이다.

구분	총계	중국	필리핀	말레이	베트남	캄보디아	미국	인니	일본	싱가포르	기타
2022년	403	94	96	5	61	26	13	1	9	3	53
2021년	373	93	102	10	32	18	16	4	4	0	75
2020년	271	64	52	3	27	8	21	5	7	1	34
2019년	401	108	76	37	36	22	18	11	9	5	39
2018년	304	77	107	1	13	8	16	8	4	0	46
2017년	300	62	97	2	17	10	23	6	12	1	51

국외 도피사범 송환 현황(경찰청, 단위: 명)

국제공조수사와 인터폴

국외 도피사범을 추적하고 검거하기 위해서는 타국 경찰과의 협력이 필수적이다. 국제공조수사는 크게 인터폴을 통한 공조와 외교 경로를 통한 국제공조로 나뉜다. '인터폴을 통한 국제공조수사'는 인터폴 헌장과 196개 인터폴 회원국 국내법이 허용하는 한도에서 각종 범죄 관련 정보를 교환하고 범죄자를 체포하여 송환하는 것을 의미한다.

'외교 경로를 통한 국제공조수사'의 경우 대표적인 것이 국제형사사법 공조이다. 형사사건의 수사 또는 재판과 관련된 증거 수집, 압수·수색·검증 등의 협조를 상호 제공한다.

이 두 가지 국제공조수사의 방법은 상호 반대되는 것이 아니라 상호 보완적인 것이라고 할 수 있다. 사안에 따라 적절하게 이용하고 경우에 따라 동시에 진행하기도 한다.

경찰인 우리가 주로 사용하는 방법은 당연히 '인터폴을 통한 국제공조수사'이다. 인터폴의 공식 명칭은 국제형사경찰기구International Criminal Police Organization, ICPO-INTERPOL로, 현재 196개의 회원국으로 구성된 세계 최대 규모의 국제경찰 조직이다. 대한민국은 1964년 베네수엘라에서 개최된 제33차 인터폴

총회에서 가입했다.

인터폴의 기원은 1914년 모나코에서 개최된 제1회 '국제형사경찰의회'라고 할 수 있다. 모나코의 국왕이 왕실의 보물을 도난당했고, 이를 되찾는 중 다른 나라에서 자국 경찰권의 한계를 실감하게 되어 '국제형사경찰의회'를 주도하여 개최하게 되었다고 한다. 그 후 1923년 '국제형사경찰위원회ICPC'가 창립되었고 제2차세계대전이 끝난 1946년에는 프랑스 파리에 사무총국을 두고 '인터폴INTERPOL' 이라는 용어를 사용하게 된다.

언론 등에서 인터폴 엠블럼을 한 번쯤은 보았을 것이다. 각각의 구성물들은 상징이 있는데, '칼'은 경찰 업무를, '지구'는 세계적인 활동을, 지구를 둘러싸고 있는 '올리브 가지'는 평화를, '저울'은 정의를 상징한다. 각국 경찰들이 평화와 정의를 위해 세계적인 경찰 활동을 한다는 의미를 표현한 것이다.

해외 도피 범죄자를 추적하여 검거하는 방법은 여러 가지다. 그중 가장 효율적이고 우선해야 할 것은 '인터폴 적색수배'와 '여권 무효화'를 활용하는 것이다. 이들의 국가 간 이동을 제한할 수 있기 때문이다. 그렇게 하기 위해서는 인터폴 사

인터폴 엠블럼

무총국과 인터폴 가입 196개 국가의 협조가 필요하다. 피의자가 해외로 도주했을 경우 국내 수사기관에서 경찰청 인터폴 국제공조과에 인터폴 적색수배를 신청한다. 인터폴 국제공조과에서는 관련 서류 등을 검토한 후, 프랑스 리옹에 위치한 인터폴 사무총국에 이를 신청하게 된다.

여권 무효화 제도는 법적으로 '여권의 효력 상실'이라고 한다. 특정 범죄를 저지른 사람이 해외로 도피했을 때 여권 반납 명령을 내리고 이에 응하지 않을 때 여권의 효력을 상실시키는 제도(여권법 제12조)이다. 해외로 도망간 범죄자들이 여권을 사용할 수 없으면 그들의 국가 간 이동을 차단할 수 있다. 이동이 제한되면 한 곳에 머물게 되고 검거될 가능성도 높아지게 된다.

범죄자 추적의 핵심,
인터폴 국제공조팀과 코리안 데스크

해외 도피 범죄자의 여권을 무효화하고 인터폴 적색수배를 발부받았다면, 다음에 할 일은 이들이 어디에 있는지 파악하는 것이다. 이것을 '소재첩보' 수집이라고 한다. 기본적으로 수사관서에서 이들에 대한 첩보를 수집한다. 그러나 현실적으로 수사관서는 밀려오는 다른 사건으로 인해 소재 첩보를 수집할 여력이 없는 경우가 많다.

사회적으로 이슈가 되어 주목을 받을 때 신속하게 범죄자에 대한 소재 첩보를 수집하지 못하면 그 사건은 잊힐 확률이 높아진다. 시간이 지나면서 점차 사람들의 기억 속으로 사라져버리게 되는 것이다. 그래서 해외 도피 범죄자에 대한 소재 첩보를 중점으로 수집하는 팀을 만들었다. 이것이 바로 '인터폴 국제공조팀'이다.

인터폴 국제공조팀이나 수사관서에서 해외 도피 범죄자에 대한 소재 첩보를 입수했을 때 이 첩보의 사실 여부를 반드시 확인해야 한다. 그 첩보를 확인하는 업무를 담당하는 한국 경찰관이 경찰 주재관과 '코리안 데스크'이다. 2022년 인기리에 방영된 드라마 〈카지노〉에서 손석구가 열연한 한국 경찰관이 바로 코리안 데스크다.

경찰 주재관은 외교부에서 선발하는데, 선발된 경찰 주재관은 해외에 있는 대사관 또는 영사관에서 주로 사건 사고를 담당하는 영사 업무를 한다. 현재 35개국 55개 공관에 66명이 파견되어 있다. 한국인이 외국에서 사건 사고를 당한다면 무척 당황스러울 수밖에 없는데, 이럴 때 도움을 줄 수 있는 사람이 바로 경찰 주재관이다. 현지 교민 사회에서도 범죄자를 검거하여 한국으로 송환시키는 것이 교민 사회를 안정화하는 데도 큰 몫을 한다.

경찰 주재관 외에 해외로 파견된 경찰관 중에 중요한 업무를 수행하는 이들이 바로 코리안 데스크이다. 공식 용어로는 '코리안 데스크 담당관'인데 우리는 그냥 코리안 데스크 혹은 줄여서 '코데'라고 부른다. 코리안 데스크의 주요 임무는 현지에서 한국인 대상으로 발생하는 강력 사건을 현지 경찰과 공조로 해결하고 필리핀으로 도피한 한국인 범죄자들을 검거하는 일이다.

코리안 데스크가 생기게 된 배경은 2010년을 지나면서 필리핀에서 한국인을 대상으로 한 납치, 금품 강취, 강도 살인 등이 빈번하게 발생했기 때문이다. 이전의 국제공조로는 한계를 느껴 필리핀 경찰청과 협의를 통해 2012년 5월 필리핀 경찰청에 한국 경찰관을 '코리안 데스크'라는 명칭으로 파견했다. 현재는 베트남, 중국, 캄보디아, 태국 등에도 경찰 협력관이 파견되어 현지 공조수사를 하고 있다.

안양시 동안구에 있는 환전소에서 직원을 살해 후 현금 1억 원을 가지고 필리핀으로 도주한 '안양 환전소 살인 사건'의 범인 최세용, 김종석, 김성곤은 최초로 파견된 코리안 데스크 서승환 경감이 필리핀 경찰과 공조해 검거했다. 김종석은 현지 유치장에서 자살하고 말았지만 최세용은 태국에서, 김성곤은 필리핀에서 검거되어 국내 송환 후 무기징역을 선고받고 복역 중이다. 이들은 10명이 넘는 한국인 납치와 여러 건의 살인을 저질렀는데 실종자들까지 하면 피해 규모는 더 크다. 이 이야기가 영화 〈범죄도시2〉의 모티브로 쓰였다.

코리안 데스크는 2015년 2월에 필리핀 앙헬레스에 추가 파견되었고 2016년에는 마닐라, 세부, 카비테, 바기오에 4명이 추가되어 최대 6명이 파견되어, 이 책에서 다룬 많은 사건 해결에 중요한 역할을 했다. 2013년부터 2016년까지 연평균 10건에 달하던 필리핀 내 한국인 대상 살인 사건이 코리안 데스크의 활약으로 2017년부터 2021년까지는 연평균 2명으로 급감하게 되었다.

　건수가 줄어든 것도 중요하지만 살인의 내용 또한 상당히 중요하다. 예전에 발생한 살인은 강도 살인이나 청부 살인 등 계획된 살인이 대부분이었던 반면 최근에 발생한 살인은 우발적인 살인이 많다. 이런 점에서 코리안 데스크의 적극적인 활동으로 필리핀 내 교민 사회 치안이 안정화에 들어섰다고 평가할 수 있다.

내가 아닌 모두를 위해

8년간 역대 최장기 경찰청 인터폴계장으로 근무하면서 코로나로 비행길이 막혔던 2년을 빼고 총 32회 해외 출장을 다녀왔다. 인사이동이 잦은 경찰 조직 특성상 앞으로도 다시 갱신될 수 없을 기록일 것이다.

　대부분의 출장이 국외 도피사범 검거 때문이라 항상 마음을 졸이면서 갔다. 이번에 못 잡으면 다음에 잡으면 된다고 편한 마음을 가졌다면 좀 쉬운 출장이 되었겠지만 그렇지 못한 성격 때문에 항상 신경 쓰고 조바심을 냈다.

다시 돌아간다면 좀 더 편하게 업무를 할 수 있을까? 그렇지 않을 것 같다. 영원할 것 같던 일들도 언젠가는 끝이 온다는 것을 알게 된 지금, 더 열심히, 더 많은 성과를, 더 보람차게, 다른 것은 몰라도 내게 주어진 업무만큼은 그 누구보다도 열심히 잘해내고 싶었던 그때의 내 마음이 옳았다는 생각이 아직도 든다. 무의미하게 시간을 때우기보다 좀 더 의미 있는 시간을 만들기 위해 더 집중하고 노력해왔다. 후회 없이 일을 했고 성과도 많이 냈다. 더 늦기 전에 업무와 관련된 사례 중심의 책을 써봐야겠다는 생각을 한 지도 벌써 5년은 지난 것 같다.

해외로 도망간 많은 범죄자들을 추적하고 검거하면서 그들이 도망갔던 방법과 경로 등에 대해 자연스레 연구하게 되었고, 수년간의 노력으로 나만의 노하우도 생겼다. 내가 했던 업무는 나만의 것이 아니라 소중한 사람들과 국가를 위한 일이었기에 혼자만의 경험으로 간직하기보다는 후배들을 위해 노하우를 전하고 싶었다. 특히 요즘같이 세상이 좁아진 시대에 외국으로 도망간 범죄자를 추적하여 검거하고 국내로 송환하는 일은 더욱 중요하다.

사건들을 겪으며 느꼈던 감정들이 시간이 갈수록 옅어지

는 점은 늘 아쉽다. 흐린 기억을 붙잡고 써 내려간 이 글이, 향후 국제공조를 통한 범죄자 검거와 사건 해결에 도움이 되길 바란다.

차례

Part3. 보이지 않는 곳에서의 전쟁

Part1.

DATE: ORIGINAT

SUBJECT:

DATE	

**보이스 피싱,
그놈 목소리**

보이스 피싱 원조, 김미영 팀장 검거 작전

김미영 팀장 조직 추적의
밑그림을 그리다

"김미영 팀장입니다. 고객님께서는 최저 이율로 최고 3,000만 원까지 30분 이내 통장 입금 가능합니다."

보이스 피싱 하면 떠오르는 범죄 조직이 바로 '김미영 팀장' 조직일 것이다. 누구나 한 번쯤은 받아봤을 이 스팸 문자는 범죄 초반 약 1년 사이에만 690만여 건이 발송됐다고 하니 전화 금융 사기의 대명사가 될 만하다. 이들은 이렇게 보낸 문자로 자동응답 전화를 통해 대출 상담을 하는 척하며 개인정보를 빼내 수백억의 돈을 가로챘다.

체포영장에 기록된 피해액은 수십억 원 정도이나 수사관들은 실제로는 수백억 원이 된다고 말하고 있다. 김미영 팀장 조직의 보이스 피싱 범죄는 1인 최고 피해액이 약 1억 원으로 요즘 피싱 범죄에 비해 상대적으로 크지는 않았지만 피해자의 수가 많았고, 대부분 경제적 사정이 좋지 못한 사람들이었다. 누군가에게는 적은 금액이지만 누군가에게는 전 재산이 될 수 있기에, 경제적으로 여유가 없는 피해자들에게 그 충격은 말할 수 없을 정도로 컸다. 또한 보이스 피싱 피해를 입고 낙담한 피해자가 스스로 목숨을 끊는 비극도 있었다.

김미영 팀장 사건은 2013년으로 거슬러 올라간다. 사건 초기 천안동남경찰서에서 이 사건을 수사했다. 보이스 피싱 수사 전문가로 소문난 충남경찰청 안정엽 수사관과 많은 정보를 주고받았는데, 그에 따르면 김미영 팀장 보이스 피싱 조직원 가운데 "고객님의 대출이 안 나와서 속상하다"라고 우는 척까지 하며 피해자들을 속여 눈물 연기의 달인으로 불리는 사람도 있었다고 한다. 이자가 조직원이 되고 난 후 얼마 되지 않아서 부모님 빚 7천만 원을 갚았다고 하니 이들 조직이 얼마나 많은 피해자들의 돈을 가로챘는지 알 수 있다.

천안동남경찰서는 보이스 피싱 피해금 인출에 가담한 인출책 6명을 사건 초기에 검거한 게 사건의 실마리를 풀어낸 주요 단서였다고 한다. 인출책들이 차량으로 도주하면서 고속도로에 버린 대포통장과, 피해금을 이체한 계좌번호 5개를 확보했다. 이 계좌에서 이체받은 내역이 있는 189개 계좌를 곧바로 지급 정지하고 이에 대한 수사를 진행한 덕분에 해외 조직원들을 특정할 수 있었다. 일선 수사관들의 눈물 나는 노력으로 피의자들을 특정할 수 있게 된 것이다. 철저한 수사를 통해 조직원 189명의 신원을 밝혀냈고 현재까지 119명의 피의자를 검거했다. 수사관서는 앞선 수사를 통해 총책을 박 씨로 특정했다. 뒤이어 박 씨가 중국을 수십 차례 오가면서 보이스 피싱 범죄를 저지른 것으로 보고 뒤를 쫓았으나 그는 이미 필리핀으로 도망간 뒤였다. 처음에는 중국에서 보이스 피싱 범죄를 하다가 범행이 적발되고 조직원들이 검거되면서 거점을 필리핀으로 옮긴 것이었다.

박 씨와 주요 조직원들이 초기에 검거되지 못하자 사건은 점점 잊혀갔다. 사실 수사관서에서 수사하는 사건들은 대중의 관심이 흩어지면 지지부진될 수밖에 없다. 단서가 더는 나오지 않는 상황에서 언제까지나 사건에 매달릴 수 없는 데다 다른 사건들도 수사해야 되기 때문이다. 게다가 경찰은 인사이동이 잦고 사건은 계속 발생하기 때문에 오래된 사건에 신경을 쏟을 수 없는 구조다.

나와 우리 팀에서 김미영 팀장 조직을 집중적으로 추적하기 시작한 것은 2019년도부터였다. 처음에는 그 사건의 총책과 주요 운영진들이 해외로 도피했다는 사실조차 모르고 있었다. 알았다면 바로 첩보를 수집하고 검거를 위한 대책을 마련했을 것이다. 서울청 인터폴 국제공조팀에서 첩보를 수집하기 시작하면서 이들의 존재가 수면 위로 부상하게 되었다. 나는 김미영 팀장 조직 총책과 조직원들을 최우선으로 검거해야겠다고 결심하고 거기에 모든 에너지를 쏟아붓기로 했다. 그렇게 우리는 하나하나 첩보를 입수하면서 김미영 팀장 조직원 추적에 대한 밑그림을 그리기 시작했다.

유인책 방 씨

우리가 본격적으로 추적을 시작하기 전, 경기남부경찰청 인터폴 추적팀에서 총책의 것으로 추정되는 전화번호를 입수했다. 그러나 필리핀의 상황은 우리나라와 달랐고, 휴대폰 추적을 할 수 없어 추가 단서를 확보하지 못하고 말았다. 그러던 2019년 말, 서울청 인터폴 국제공조팀에서 일부 조직원들에 대한 첩보를 입수했다. 마침내 총책과 주요 간부 4명 등 5명의

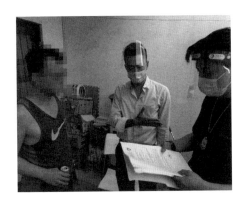
체포되는 유인책 방 씨의 모습

주요 조직원이 필리핀에 체류하고 있는 사실을 파악하게 된 것이다.

방 씨는 보이스 피싱 범죄에 가담할 조직원을 모집하는 유인책이었다. 검거를 피해 멀리 필리핀까지 도망을 쳤건만 한국 음식은 먹고 싶었던 건지, 방 씨가 필리핀 내 한국 식당에서 음식을 주문한 사실을 확인할 수 있었다. 그리고 식당을 방문할 때 이용한 차량 번호와 현지 전화번호 등을 확보했다.

필리핀 코리안 데스크는 입수한 정보를 이용해 방 씨의 주거지를 파악했고, 필리핀 이민청 직원들과 방 씨의 주거지를 급습하여 그를 체포할 수 있었다. 처음으로 체포한 주요 조직원이었기 때문에 다들 기대가 컸다. 체포한 피의자를 통해 총책 등 다른 조직원들의 정보를 얻을 수 있다고 판단했기 때문이다. 그러나 조직이 와해되었기 때문인지 다른 조직원에 대한 이렇다 할 정보는 얻을 수 없었다.

정산 담당 윤 씨

필리핀에 숨어 있는 5명의 주요 조직원 중에는 정산 담당 윤모 씨도 있었다. 유인책 방 씨의 검거에 성공했어도 추가 정보를 얻을 수 없었지만, 정산 담당은 아무래도 다른 조직원보다 알고 있는 게 많을 것 같았기에 우선순위를 높여 추적했다. 서울경찰청 인터폴 국제공조팀에서 입수한 첩보에 따르면 윤씨는 현지에서 고급 빌리지를 건축하고 있으며 자신이 중국인이라고 하고 다닌다는 소문도 있었다. 정산 담당인 윤 씨가 돈을 많이 빼돌렸을 가능성을 감안했을 때 고급 빌리지를 건축한다는 소문이 매우 신빙성이 있다고 판단했다.

윤 씨가 자주 방문하는 식당과 차량 번호 등 첩보를 재빠르게 확인한 코리안 데스크는 윤 씨의 거주지를 특정했고 첩보를 입수한 지 한 달도 되지 않아 현지 이민청과 함께 윤 씨를 체포했다. 체포 후 사실관계를 확인해보니 윤 씨가 직접 빌

검거되는 정산 담당 윤 씨

리지를 건축하는 것은 아니었고, 빌리지 건축 현장에 고용되어 건축 현장에서 일하는 현지인들을 감독하는 역할을 하고 있었다. 거주하고 있는 곳도 주택이 아니라 현장에 딸린 작은 사무실에서 숙식을 해결하고 있었다.

처음에는 윤 씨가 이 사무실에서 보이스 피싱 범죄를 계속하고 있다는 첩보도 있었지만 사실이 아닌 것으로 확인되었다. 아이러니하게 정산 담당이었던 윤 씨는 경제적으로 매우 어려웠다. '쉽게 번 돈은 쉽게 나간다'라는 말이 있는데 윤 씨의 경우도 그랬던 것 같다. 그나마 남아 있던 자금도 오랜 도피 생활로 바닥이 보이는 게 당연했다.

윤 씨를 검거할 때 압수한 컴퓨터와 USB는 수사에 중요한 자료가 될 수 있어 수사관서에 전달했다. 정산 담당까지 검거하게 되자 우리는 추적에 더욱 박차를 가했다. 곧 조직의 총책까지도 검거할 수 있겠구나 하는 생각에 마음이 설레기 시작했다.

유인책 신 씨와
다른 조직원들

또 다른 유인책 신 씨에 대한 첩보도 있었다. 신 씨가 거주하는 것으로 추정되는 주거지와 차량 번호 등이었다. 코리안 데스크가 점검해보았지만 사실이 아니었다. 첩보라는 게 대부분 예전 내용이거나 심지어는 사실과 전혀 다른 경우도 많다. 이를 확인하여 진짜 정보를 가리는 게 범죄자 검거의 핵심이다. 현지 코리안 데스크 입장에서는 불확실한 첩보를 매번 직접 확인하는 것도 쉽지 않은 일이다. 하지만 그러한 노력이 바탕이 되어야 성과도 낼 수 있는 법이다.

결정적인 첩보가 사실이 아닌 것으로 확인되어 맥이 빠져 있을 때, 엉뚱한 곳에서 신 씨가 발견되었다. 현지에서 음주 운전을 하다가 적발되어 경찰 조사를 받기 직전이라는 것이었다. 코리안 데스크는 현지 경찰을 통해 신 씨의 출석을 요구했고 경찰서에 출석한 신 씨를 체포할 수 있었다.

　이렇게 다른 사건에서 실마리를 얻어 검거하게 된 조직원도 있었다. 아예 다른 사기 사건으로 필리핀 이민청에 검거된 범죄자가 있었는데, 조사하는 과정에서 뜬금없이 코리안 데스크에게 "제가 김미영 팀장 조직원 김○○가 어디에 있는지 알고 있어요"라고 제보한 것이다. 아마 본인의 죄를 감경하거나 수감 중 편의를 봐달라는 목적에서 그랬던 것 같다. 소재를 알게 된 코리안 데스크는 바로 이민청과 합동으로 조직원 김 씨를 검거하였다. 이 친구가 검거될 때 모습은 수배 당시 사진과 동일인이 맞는지 의심될 정도로 여위고 초라해져 있

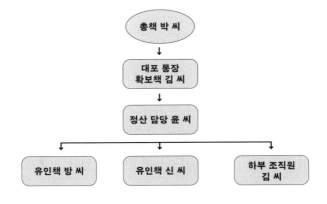

김미영 팀장 조직의 조직도

었다. 검거된 김 씨는 코로나19에 감염된 게 확인되어서 출동했던 코리안 데스크와 이민청 직원들 10여 명이 전부 코로나 검사를 받는 등 단체 소동까지 일었다.

이 피의자를 검거한 이후에 다른 조직원 2명이 자수를 했다. 2021년 8월~12월 보이스 피싱 해외 특별 자수·신고 기간을 운영했는데, 현지 한인회와 한국 식당에 홍보 팸플릿을 비치하고 주요 SNS에서도 자수와 신고를 독려한 덕이었다. 2명의 자수자까지 합해서 김미영 팀장의 하부 조직원 3명, 주요 조직원 3명 등 6명을 검거하는 성과를 거두고 이제 2명만 남은 상태였다. 총책 박 씨와 대포 통장 확보책 김 씨였다.

대포 통장 확보책 김 씨

김 씨는 총책 박 씨와 동서관계로 알려져 있었다. 김 씨를 검거하면 총책에 대한 정보를 얻을 수 있다고 판단했고 곧이어 김 씨 검거를 위한 첩보 수집에 집중했다. 한때 박 씨와 김 씨가 이미 검거되어 필리핀 이민청에 수감 중인데 위조된 중국 여권을 사용하여 중국인 행세를 하고 있다는 첩보도 있었다. 코리안 데스크가 이민청을 통해 명단을 확보하고 사진을 대조해서 알아보았는데 사실이 아닌 것으로 확인되었다.

확인했다 실망하기를 수차례, 오랜 추적 끝에 김 씨의 핸드폰 번호를 확보할 수 있었다. 김 씨가 승차 공유 서비스를 자주 이용하면서 지속적으로 특정 지역에서 하차한다는 첩보를 확인해보니 그 지역에 위치한 빌리지에 '필리핀 여성과 결혼해서 사는 한국 남성이 3명이 있다'는 사실까지 파악할 수 있었다.

이때 장성수 코리안 데스크는 김 씨와 가장 인상착의가 비슷한 한 사람을 특정하고 그 집 앞에서 잠복근무를 했다. 혼자서 잠복할 수 없을 때는 필리핀 경찰이나 이민청 직원들에게 부탁하여 교대로 잠복을 했다. 그러나 세상에 공짜는 없기 때문에 잠복에 동원된 직원들에게 식사와 간식 등을 사다 주는 등의 노력이 필요했다. 그는 필리핀의 롯데리아라고 불리는 '졸리 비'에서 졸리 버거나 치킨 등을 사주었고, 필리핀 경찰이나 이민청 직원들의 경조사까지도 모두 챙겼다. 이런 노력이 바탕이 되어 협력을 이끌어낼 수 있었던 것이다.

수일간의 잠복근무 끝에 그 집 창문에서 김 씨의 모습이 보였다. 더 이상 지체할 수 없다고 판단해 바로 검거에 돌입했다. 이민청 직원들과 쳐들어가 마침내 김 씨를 검거할 수 있었는데, 김 씨는 필리핀 여성과 결혼해서 살고 있었다. 예상했던 것과 달리 김 씨로부터 박 씨와 관련된 정보를 얻을 수는 없었다. 김 씨는 자신도 연락이 끊긴 지 오래라고 했다.

일부러 진술을 하지 않는 것일 수도 있지만 강제로 입을 열게 할 수는 없는 노릇이었다. 믿었던 김 씨로부터 아무런 정보를 얻지 못해서 실망이 아주 컸다. 주요 조직원들을 거의 검거했는데 가장 중요한 총책에서 막히게 되었으니 그 답답함은 이루 말할 수 없었다.

총책 박 씨

해결책은 예상하지 못한 곳에서 나왔다. 장성수 코리안 데스크가 평소 알고 지내던 교민을 통해 총책에 관한 첩보를 입수한 것이다. 박 씨와 인상착의가 비슷한 한국 사람이 '나가 시티'에서 한인 마트를 운영하고 있다는 내용이었다. 나가 시티는 마닐라에서 약 400km 떨어진 곳으로, 자연경관은 좋지만 시내에 4성급 호텔도 몇 개 없는 지방의 작은 소도시이다. 박 씨가 이곳에 은신해 있다면 한국인들이 많은 대도시를 피해서 소도시로 왔을 가능성이 있다고 분석했다. 400km라면 서울에서 영남권까지의 거리인데, 도로 사정이 좋지 않은 필리핀에서 이 먼 거리를 간다는 것은 쉽지 않은 일이었기에 우선 어느 정도 사실 가능성을 파악해볼 필요가 있었다.

장 경감은 평소 알고 지내는 필리핀 경찰을 통해 나가 시티가 고향인 경찰을 수소문해서 그에게 고향에 있는 한인 마트 주인들의 인상착의를 파악하도록 부탁했다. 나가 시티는 한국인이 많이 사는 지역이 아니었기에 파악하는 데 큰 어려움은 없었다. 피의자 박 씨가 키가 크고 덩치도 있는 체형이라 비슷한 외형의 한인 마트 사장을 찾아보았다. 필리핀 경찰이 촬영한 박 씨의 사진을 보고 가능성이 높다고 판단한 장 경감은 나에게 보고했다.

"박 씨와 비슷한 사람이 나가 시티란 곳에 있는데 필리핀 경찰에게 받은 사진을 보니 비슷합니다. 마닐라에서 차로 한 열 시간은 가야 합니다. 허락해주시면 한번 가서 확인해보겠습니다."

"이번 임무가 사실상 필리핀에서 마지막 임무야. 혹시 총책을 잡게 되면 내가 너 경정 특진시켜줄 테니 최선을 다해봐."

피의자가 워낙 중요한 인물이었고 경정 특진의 가치가 있다고 생각했기 때문에 그렇게 이야기를 했는데 나중에 알고 보니 경정 특진은 순직하지 않고서야 힘든 일이었다. 요즘에는 가능하지만, 당시 결국 공염불로 끝날 특진의 미끼는 임기를 얼마 남겨두지 않은 장 경감에게 큰 자극으로 작용했음이 틀림없다. 특진을 못 시켜줘서 미안하지만 워낙 똑똑한 친구라서 시험으로 승진하는 데 문제가 없을 테니 크게 걱정은 없다. 물론 당사자가 힘은 들겠지만 말이다.

나가 시티에 도착한 장 경감은 박 씨의 거주지와 마트 위치를 파악하고 수일에 거쳐 생활 노선을 추적했다. 더 지체하다가는 박 씨가 눈치채고 도망갈 수 있기에 필리핀 이민청과 함께 검거를 지시했다. 박 씨가 가명을 2개 사용하고 있다는 첩보도 있었기 때문에 검거했을 경우 다른 사람의 신상을 말하거나 위조 신분증을 낼 가능성도 있었다. 이를 대비해 박 씨의 신원을 증명할 지문까지 미리 확보해놓았다.

2021년 10월 4일 월요일 15시 30분경, 장 경감은 필리핀 이민청 도피사범 추적팀과 함께 나가 시티의 한인 마트 앞에서 박 씨를 검거했다. 박 씨가 필리핀으로 도주한 지 8년 5개월 만이었다.

이로써 필리핀으로 도주한 김미영 팀장 보이스 피싱 조직은 2021년에 총책을 비롯해 모두 8명(자수 2명 포함)이 검

검거 직후 총책 박 씨의 모습

거되었다. 경찰이 목표를 잘 설정하고 성실하게 추적하면 못 잡을 범죄자가 없다는 것을 직접 보여준 셈이다.

놀랍게도 총책 박 씨는 전직 경찰관 출신으로 서울경찰청 사이버수사대에서 근무했었다. 업무 능력을 인정받아 경사에서 경위로 특진한 후 서울 수서경찰서 사이버팀에서 근무하던 중 해임되었던 것이다. 수뢰 혐의로 해임되었다고 알려졌지만 정확한 내용은 확인할 수 없었다. 박 씨는 경찰관으로 근무 중일 때 수사 대상이었던 피의자들을 규합해서 보이스피싱 조직을 구성했다고 한다. 박 씨 검거가 언론에 보도되었을 때 총책이 경찰이었던 점을 일부러 밝혔다는 오해도 있었다. 하지만 그가 전직 경찰관이었음은 이미 오래전에 알려진 사실이었다. 그런 만큼 우리가 잡아야만 했다.

이 책이 출간되기 얼마 전에 필리핀 이민청수용소에 수감 중이던 박씨가 탈출했다는 소식을 들었다. 소식을 듣자마자 큰 한숨이 저절로 나왔다. 어렵게 잡은 피의자였는데 너무나 안타깝다. 그는 이미 한번 검거되었기 때문에 깊숙하게 숨을 것으로 우려된다. 나는 현장에 없지만 인터폴계가 중심이되어 인터폴국제공조팀과 코리안데스크가 현지 이민청, 경찰과 협력하여 조속하게 검거하기를 바란다.

쌍영수와 범죄자의 단톡방

쌍영수의 그림자를 쫓다

2006년 한국 사회에 처음 등장한 보이스 피싱은 마치 그림자처럼 조용히 커져가며 심각한 사회문제로 자리 잡았다. 보이스 피싱 범죄가 최초 발생한 이후 해마다 발생 건수가 늘어나고, 건당 피해 금액 역시 점점 증가하고 있다. 피해 규모는 단순히 개인의 금전적 피해뿐 아니라 심리적 피해까지 야기하며 사회 전반에 불안감을 조성하고 있다.

보이스 피싱은 크게 금융회사를 사칭하는 '대출 사기형'과 검찰 등을 사칭하는 '기관 사칭형'으로 나뉜다. 주로 전화 음성으로 개인정보를 탈취하거나, 문자나 SNS를 이용하여 휴대폰에 악성 앱 등을 설치하게 한다. 실제 금융기관이나 기관의 로고, 전화번호를 도용하여 교묘하게 피해자를 속인다.

이번에 소개할 보이스 피싱 범죄는 대출 사기형이다. 국민은행 김성민 대리를 사칭하여 적은 금리로 마이너스 통장 대출을 해주겠다며 피해자들로부터 약 2억 원을 대포 통장으로 송금받은 혐의가 있었다. 이들이 도피 생활을 하면서 쓴 돈을 볼 때 범죄로 얻은 실제 이익은 이보다 훨씬 클 것으로 추정된다.

총 7명의 피의자 중 주범인 2명은 성만 다르고 이름이 같았다. K영수와 C영수는 비슷한 또래로, 총책 K영수가 C영수보다 한 살이 많았다. 두 사람은 돈을 쉽게 벌 수 있는 보이스 피싱 범죄를 저지르기 위해 태국으로 함께 입국했다. 나는 이들을 '쌍영수'라고 불렀는데, 검거 의지를 담은 이름이지만 왠지 둘의 범죄에 대해 욕을 하는 것 같아 기분도 괜찮았다.

보이스 피싱 범죄 발생 기록이 37,667건으로 최대치를 갱신한 2019년, 서울경찰청 인터폴 추적팀은 쌍영수가 필리핀 앙헬레스 지역에서 보이스 피싱 조직을 운영하고 있다는 새로운 첩보를 입수하였다. 필리핀 이민청을 통해 출입국 조회를 해보니 역시 필리핀으로 입국한 사실이 확인되었다. 원래 태국 방콕에 위치한 콘도에서 범행을 저지르던 쌍영수가 인터폴 적색수배가 발부되기 전에 필리핀으로 거점을 옮긴 것이다. 태국에서 필리핀으로 거점을 옮긴 후에도 범행을 이어갔는데, 현지 여성과의 관계를 통해 현지 사회에 녹아들고 가명을 사용하여 신분을 감추고 있었다. 첩보 내용은 이들이 현지 필리핀 여성과 함께 살고 있다는 사실과 대략적인 주거지 정보였는데, K영수는 검정색 폭스바겐을 가지고 다니고 C영수는 '패트릭'이라는 이름을 사용하고 있다는 것이었다.

곧바로 이 첩보를 앙헬레스 코리안 데스크인 윤종탁 경감에게 전달해 확인하도록 했다. 윤종탁 경감은 외모가 형사다운 친구인데, 외모처럼 범죄자 검거 업무에 열심이었다. 어찌나 열심히 했던지 필리핀에 도피해 있는 범죄자들끼리 메신저에서 윤 경감의 사진을 공유하며 '이 사람이 코리안 데스크이니 조심하라'는 경보까지 냈다. 한때는 앙헬레스에 있는 범죄자들이 돈을 모아 윤 경감에 대한 보복을 준비한다는 소문까지도 돌았다.

돈을 모은다는 말은 청부업자를 고용하겠다는 뜻이었다. 소문이긴 했지만 필리핀에서는 충분히 가능한 이야기라 걱정이 되어 윤 경감에게 상황을 전하며 '조금 쉬어가자'고 했다. 하지만 정작 윤 경감이 가장 기분이 나빠 했던 점은 이들이 메신저 단체방에서 '윤 경감이 실제보다 나이가 들어 보인다'고

욕을 한 대목이었다. 웃겼지만 웃을 수 없는 현실이었다. 다행히도 불상사는 일어나지 않았지만 코리안 데스크는 항상 신변의 위협이 따른다.

물 쓰듯 돈 쓰다
검거된 쌍영수

쌍영수 조직을 한참 추적하던 인터폴 추적팀과 코리안 데스크는 2020년 팬데믹의 벽에 부딪혔다. 코로나19로 인해 필리핀 전 지역이 봉쇄되어 한동안 추적 업무를 수행할 수 없게 된 것이다. 쌍영수의 행적을 추적하던 모두가 좌절과 불안에 휩싸인 채 시간이 지났다.

　　코로나19 상황이 조금 잠잠해진 2022년, 서울경찰청 인터폴 국제공조팀으로부터 희망찬 소식이 전해졌다. 쌍영수의 보이스 피싱 콜센터로 사용되는 사무실의 위치와 K영수의 생활에 관한 추가 첩보가 입수된 것이었다. K영수는 함께 사는 필리핀 여성 외에도 현지 유흥주점 종업원과 교제 중이었고, 그 종업원은 K영수가 사준 포드 차량을 몰고 다닌다는 내용이었다. 또한 K영수의 친척 A씨가 K영수를 자주 만나고 있다

검거 당시 쌍영수, 쇼핑몰 안의 미용실에서 머리를 자르고 있었다.

는 내용도 있었다. 이들은 보이스 피싱으로 도둑질한 돈을 가지고 필리핀에서 물 쓰듯이 쓰고 있었다. 추가 첩보를 바탕으로 쌍영수 조직의 움직임을 파악하고 체포 계획을 세웠다.

2022년 2월 15일, 쌍영수가 앙헬레스 소재 쇼핑몰 안에 미용실이 밀집된 곳에 있다는 긴급한 첩보를 실시간으로 입수했다. 윤 경감은 지체 없이 현지 이민청 직원들과 해당 몰로 출동했다. 이 쇼핑몰에는 500개가 넘는 가게들이 입점해 있었고, 전체 면적만 해도 9만 평이 넘는 거대한 규모였다. 처음에는 몰이 너무 커서 어떻게 수색할지 막막했지만, 포기하지 않고 다섯 시간 동안 끈기 있게 수색한 끝에 15시경 한 미용실에서 머리를 자르고 있는 쌍영수를 발견했다. 윤 경감이 이름을 부르자 이들은 무심코 고개를 돌려 그를 쳐다보았다. 머리 커트가 마무리 단계였기에 신속하게 정리한 후 검거할 수 있었다. 윤 경감이 이들을 잡고 찍은 사진을 나에게 보내주었는데, 그 사진을 받고 보니 당황스러웠다. "이 애들이 맞아? 아닌 거 같아 보이는데?"

윤 경감은 대답했다. "좀 어려 보이기는 하지만 이놈들 맞습니다. 정말 힘들었습니다. 몰을 헤매고 다녔습니다." 평균적으로 마라톤 풀코스를 완주하는 데 걸리는 시간이 4시간 20분 남짓이라는데, 윤 경감과 이민청 직원들은 다섯 시간가량 긴장의 끈을 놓지 않고 화장실 칸칸까지 9만 평 몰을 뛰어다닌 것이다. 내 경험상 수색은 한 시간 안에 종료되는 경우가 대부분이었으니, 경찰관이라면 다섯 시간 동안 수색 작전을 진행하는 게 얼마나 어려운지 잘 알 것이다.

붙잡힌 범인들은 무척이나 앳돼 보였다. 겉보기에는 평범한 학생과 다름없는 모습이었지만, 실상은 보이스 피싱의 총책으로서 큰 범죄를 저지르고 있었다니 놀랄 일이었다. 하지만 달리 생각해보면 보이스 피싱 범죄라는 게 얼마나 우리 사회에 깊숙이 뿌리내렸는지를 보여주는 반증이기도 했다. 이처럼 평범해 보이는 사람들조차 쉽게 돈을 벌 수 있다는 유혹에 넘어가 죄책감 없이 범죄의 길을 걷고 있는 것이다. 보이스 피싱 범죄가 단순한 사기를 넘어 많은 사람의 삶에 심각한 영향을 미치고 있음을 보여주는 듯했다.

쌍영수 검거 등의 공적을 인정받은 윤 경감은 코리안 데스크 임기를 마치고 귀국하여 2024년 '명예로운 제복상' 대상을 수여하는 영광을 안았다. 코리안 데스크 선발 때부터 귀임 때까지 윤 경감을 계속 지켜보았던 나로서는 내가 상을 받은 것처럼 마음이 벅차올랐다. 그의 헌신과 탁월한 수행 능력이 값진 상으로 보상되는 것 같았다. 윤 경감은 현재 말레이시아 대사관에서 경찰 주재관으로 근무하며 새로운 도전을 이어가고 있다. 범죄자들이 말레이시아로 도망갔다가 윤 경감에게 검거될 상상을 하는 것만으로도 즐겁다.

뛰는 보이스 피싱 위에 나는 조폭

고객님, 많이 당황하셨어요?

"고객님? 많이 당황하셨어요?" 한때 코미디의 유행어로 쓰이기도 한 보이스 피싱 상담원의 말투를 기억하실지 모르겠다. 보이스 피싱 조직이라고 하면 전에는 중국에 거점을 둔 경우가 대부분이었다. 그런데 요즘에는 보이스 피싱 조직이 필리핀, 태국 등 동남아 지역에서 적발되는 경우를 많이 볼 수 있다.

　우리나라 보이스 피싱 조직은 중국에 거점을 두고 시작했다. 대만에서 시작된 보이스 피싱 범죄가 같은 언어를 사용하는 중국에서 자리를 잡았다. 중국에는 보이스 피싱에 사용되는 기계와 관련 기술, 한국어를 할 수 있는 조선족이 있었다. 우리나라 보이스 피싱 조직이 중국에 거점을 두게 되 배경이다. 이 때문에 초기 보이스 피싱 조직에서는 조선족들을 콜센터에 고용했고 당시 보이스 피싱 범죄자들은 조선족 말투를 쓰는 경우가 대부분이었다.

하지만 조선족 말투가 보이스 피싱 범죄의 대명사처럼 쓰이게 되면서부터 조선족 말투로는 더 이상 사람들을 쉽게 속일 수 없었다. 이런 이유로 보이스 피싱 조직은 조선족이 아닌 한국인들을 콜센터 상담원으로 고용하기 시작했다. 다시 말해 조선족을 고용할 필요성이 적어졌기 때문에 더 이상 중국은 보이스 피싱 거점으로 매력을 잃었고, 자연스럽게 물가가 저렴하고 유사시에 주변 다른 나라로 도피하기 편한 필리핀, 태국 등 동남아 지역으로 거점을 옮기게 된 것이다.

필리핀에 보이스 피싱 조직이 늘어나자, 범죄자들은 신고를 하기 어렵다는 점을 악용하여 보이스 피싱 조직원들을 대상으로 범죄를 저지르는 이들까지 생겼다. 나름 틈새시장을 노린 것이다. 2020년 11월, 우리는 필리핀 앙헬레스 클락에 거주하는 조 씨가 필리핀에 거점을 둔 보이스 피싱 조직을 협박하여 돈을 강취한다는 첩보를 입수하였다.

조 씨에 대해 조사한 결과, 예상대로 조 씨는 국내 수배 중인 자였는데 인터폴 수배나 공조가 되지 않은 상태였다. 인터폴 적색수배가 활발해지기 전에는 해외로 도피하더라도 인터폴 적색수배를 요청하지 않는 경우가 많았다. 제대로 된 교육이나 홍보 부족 등으로 수사관들도 인터폴 존재 자체를 모르는 경우도 많았다.

조 씨 수사를 담당하는 수사 부서에 곧바로 국제공조 요청을 신청하라고 지시했다. 조 씨는 보이스 피싱 조직의 일원으로 우체국, 경찰, 금융감독원을 순차적으로 사칭하여 '개인정보가 유출되어 돈이 빠져나갈 수 있으니 통장에 있는 돈을 한곳에 모아야 보호해줄 수 있다'라고 속여 대포 통장으로 입금을 유도하여 총 5천여만 원을 편취한 혐의로 수배 중이었다. 범행 당시에는 태국에 체류하였으나 이후 필리핀으로 이동한 것이었다.

검거, 그리고
깡패들의 진화

코로나19로 코리안 데스크가 필리핀 현지 활동에 어려움을 겪다가, 2022년 4월 초 조금 상황이 나아지며 중요한 첩보를 입수하게 된다. 조 씨와 그의 일행들이 휴양지인 팔라완에 놀

코리안 데스크와 함께 공항에서 대기 중인 현지 경찰과 이민청 추적팀 FSU

러갔다가 4월 4일에 마닐라 공항으로 돌아온다는 소식이었다. 코리안 데스크들은 조 씨를 검거하기 위해 현지 경찰특공대와 이민청 추적팀과 함께 마닐라 공항에서 대기했다. 현지 사법기관을 바로 동원시켰다는 것은 그동안 코리안 데스크가 얼마나 열심히 협력관계를 구축하고 성실하게 활동을 해왔는지를 반증하는 것이기도 했다. 코리안 데스크는 팔라완경찰로부터 이들이 오전에 호텔 체크아웃을 했다는 소식을 듣고 도착 예정 시간을 예측해 기다렸다. 간혹 비행기가 예정보다 일찍 도착하는 경우도 있기 때문에 예정보다 이른 시간부터 인력을 배치했지만 예상했던 시간이 지나고도 이들은 들어오지 않았다.

확인해보니 조 씨 일당은 호텔 체크아웃을 하고 짐을 맡

검거된 조 씨(좌)와 한 씨(우)

긴 채 스노클링 하러 간 것이었다. 팔라완경찰은 이들이 스노클링을 하며 놀고 있는 모습을 몰래 찍어 전송해주었고, 사진을 확인한 코리안 데스크는 여유롭게 이들을 기다리다가 아무것도 모르고 공항으로 들어오는 조 씨를 검거했다.

조 씨 등은 코리안 데스크가 자신들의 이동 노선을 파악하고 계속 감시하고 있었다는 사실에 깜짝 놀랐다. 조 씨와 함께 검거된 자 중에는 한 씨라는 사람도 있었는데, 그는 보이스 피싱 범죄 혐의로 재판을 받다가 2016년 3월부터 필리핀으로 도주한 자였다. 한 씨가 필리핀으로 도망간 사이 재판은 계속되었고 징역 6년형이 선고된 상태였다.

한 씨는 필리핀에서 보이스 피싱 조직에 대포폰을 판매

한 혐의로 국내 수사관서에서도 수배 중이었다. 한 씨 조직이 유통한 대포폰은 확인된 것만 6천여 대였다. 이들은 대포폰을 개당 20만 원씩 보이스 피싱 조직에 판매하였으니, 총액으로 12억이 넘는 액수였다.

조 씨 일행은 총 4명이었는데 조 씨와 한 씨만 인터폴 적색수배가 있어서 검거되었고, 나머지 2명은 국내 수배가 없고 인터폴 적색수배도 되지 않아 석방할 수밖에 없었다. 조 씨와 한 씨와 어울린 것을 보아 상당한 의심이 가긴 하나 의심만으로 체포할 수는 없다. 석방된 2명도 범행이 확인되고 관련 절차가 진행되면 검거는 시간문제라고 본다.

조 씨와 한 씨의 모습에서 알 수 있겠지만 이들은 조직폭력배들이다. 물론 경찰에서 관리하는 관리 대상 조직폭력배는 아니다. 관리 대상 조직폭력배가 아닌 부류는 조직폭력 추종세력이라고 한다. 요즘 조직폭력배, 일명 깡패들은 예전처럼 나이트클럽이나 주점 등에 몰두하지 않는다. 돈벌이에 도움되는 것은 따로 있기 때문이다. 이들은 요즘 불법 사이버 도박, 보이스 피싱 등 돈이 되는 일들을 하고 있다. 범죄 트렌드는 이렇게 변하고 있기 때문에 우리 사법체계도 여기에 발맞추어 대비해야만 할 것이다.

보이스 피싱 범죄 사상 최장기형
선고가 내려진 민준파 사건

조직원에서 총책으로

평범한 20대 후반의 회사원이었던 최 씨는 '큰돈을 벌 수 있다'는 말에 이직을 하게 된다. 고수익을 보장한다던 일자리는 알고 보니 보이스 피싱 조직원이었다. 그곳에서 보이스 피싱 수법을 배운 최 씨는 보이스 피싱 콜센터 상담원으로 일하던 이 씨를 데리고 직접 보이스 피싱 조직을 결성했다. 필리핀을 거점으로 하는 보이스 피싱 조직 '민준파' 이야기다. 말하자면 종업원에서 사장으로 점포를 차리게 된 것이다.

이처럼 보이스 피싱 조직원으로 일하다가 운영 노하우를 습득한 후, 새로운 보이스 피싱 조직을 만드는 경우가 종종 있다. 손쉽게 돈을 버는 것을 두 눈으로 목격했으니 자기도 하나 차리고 싶은 욕심이 생길 수밖에 없을 것이다. 보이스 피싱 조직의 팀장이었던 최 씨는 새로운 보이스 피싱 조직의 총책이 되었고, 콜센터 상담원이었던 이 씨는 부총책으로 승진하게 된 셈이었다.

민준파는 다단계 방식으로 총책-부총책-팀장-팀원을 꾸리고, 팀장에게 더 많은 돈을 지급했다. 조직원들은 실명을 쓰지 않고 별명을 지어 쓰며 신분을 철저히 위장했는데, 민준파라는 이름도 최 씨의 가명 '민준'에서 나온 것이었다. 조직원 감시도 철저하게 했다. 정보가 새어나갈 수 없도록 SNS에 사진 올리기 금지, 업무 중 외부 출입도 금지였고 식사도 배달을 시켜서만 먹었다. 범행에 쓰는 노트북도 사무실 밖으로 가지고 나갈 수 없었다.

최 씨와 이 씨는 약 4년간 560명의 피해자들을 속여 적게는 200만 원부터 많게는 3억 3,000만원까지 총 108억 원을 가로챘다. 경기남부경찰청 인터폴 국제공조팀에서는 최 씨가 필리핀 현지인과 결혼한 사실 등을 입수해 본격적인 추적에 들어갔다. 민준파는 조직원들에게 주급 형식으로 범죄수익금을 배당했는데, 이를 위해 매주 필리핀 마닐라에 있는 호텔 카지노 환전소를 방문해 범죄수익금을 수령하거나 환전해오고 있었다.

추적 단서의
조각을 모으다

필리핀 코리안 데스크는 최 씨가 얼마 전에 가족사진을 촬영했다는 사실을 발견했다. 사진관을 예약할 때 남긴 이름과 전화번호를 통해 주변 수사를 진행하면서 대략적인 주거지를 파악할 수 있었다.

그 무렵 경기남부경찰청 인터폴 추적팀에서도 최 씨와 관련된 사진 한 장을 어렵게 입수했다. 이 사진에서 최 씨의 차량 2대의 유리창에 붙은 스티커를 확인할 수 있었다. 흐릿하게 찍힌 자동차 사진이었지만 사진을 샅샅이 살피자 차 앞 유리창에 스티커가 붙어 있었다.

스티커에는 A5 JO(33), A562라고 적혀 있었다. 이 스티커에 쓰인 숫자를 볼 때 최 씨의 주거지는 '아얄라 알라방 빌리지Ayala Alabang Village', 혹은 '힐즈버러 알라방 빌리지Hillsborough Alabang Village' 등 알라방 지역 내 부유한 동네에 있을 가능성이 높다고 추측했다.

최 씨가 실제 사용하는 휴대전화 위치를 추적했다. 우리나라 같은 정확도를 담보할 수는 없지만 필리핀 '타뤽시 보니

파시오'라는 지역으로 나타났다. 탐문수사를 통해 최 씨의 필리핀 처 명의로 보니파시오에 콘도가 두 채가 있음을 알아냈다. 경기남부청 인터폴 국제공조팀에서 첩보를 수집하고 코리안 데스크가 이 첩보를 확인하고 새로운 첩보도 수집하기를 수십여 차례 반복했다. 진이 빠지는 업무의 연속이었지만 이러한 과정을 겪어야 범죄자를 잡을 수 있는 법이다. 우연히 알게 된 정보로 바로 범죄자를 잡는 경우는 거의 없다.

마침내 최 씨의 일상적인 이동 노선을 파악하는 데 성공한 코리안 데스크는 2022년 9월 5일 마닐라 문틴루파시 알라방 타워 센터 앞에서 필리핀 이민청 수배자추적팀과의 공조로 최 씨를 검거했다.

최 씨를 검거한 직후 곧바로 다른 조직원들 검거에도 착수했다. 조직원 숙소를 급습했을 때 조직원들은 벌써 도망칠 준비를 하고 있었다.

조직원들은 내부 사정을 밖에 절대 발설하지 말 것, 단속이 시작되면 절대 윗선을 불지 말 것, 뒤처리를 할 수 있게끔 관리자급 조직원에게 즉시 알릴 것 등을 수시로 교육받고 있었다. 이런 모습으로 볼 때 이들이 평소에 검거를 두려워하며 항상 이에 대비해왔다는 것을 짐작할 수 있었다.

하나의 조직을 검거할 때는 항상 신속하게 처리하는 게 중요하다. 민준파가 필리핀 거점으로 하는 가장 큰 보이스 피싱 조직이었기 때문에 곧바로 송환 작업에 들어갔다. 총책인 최 씨와 부총책인 이 씨가 우선 송환 대상이었다.

민준파는 여러 곳에 수배가 되어 있었는데 경기남부청 인터폴 국제공조팀과 수사 부서인 반부패경제범죄수사대에서 관련 첩보를 주로 입수했기 때문에 경기남부청 반부패경제범죄수사대에서 호송관을 보내기로 결정했다. 수사 부서에는 민준파 수사에 핵심 역할을 한 수사관 '허건' 팀장이 있었는데, 허 팀장은 4부에 나올 은혜로교회 사건에서도 많은 활약을 하게 된다.

송환 변수와
속이 타들어가는 과정

나는 호송 책임자로 송환에 참여했다. 변수가 생기면 현장 수사관들보다 해결할 수 있는 가능성이 높다는 판단에서였다. 그만큼 신속하게 송환할 필요가 있었다. 송환 일정은 10월 18일 저녁 비행기로 필리핀에 가서 다음 날 신병을 인계받아

10월 20일 새벽에 귀국하는 일정이었다.

그러나 필리핀에 저녁 늦게 도착하여 다음 날 송환을 준비하던 중, 필리핀 이민청으로부터 피의자 송환이 어렵다는 청천벽력 같은 이야기를 들었다. 처음에는 또 누가 장난치는 것이 아닌지를 의심했다. 경찰을 하면서 어처구니없는 일을 자주 겪다 보니 의심부터 하는 버릇이 생겼던 것이다.

알고 보니 현지에서 발생한 다른 사건과 관련해 총책인 최 씨가 필리핀 검찰에게 수사를 받을 예정이었다. 이 문제를 해결할 수 있는 한 가지 방법은 현지 담당 검사에게 승인을 받는 것이었다.

한국 경찰이, 갑자기 필리핀 경찰도 아닌 필리핀 검사를 만난다는 건 정말 어려운 일이다. 그것도 당일에 만나서 우리 요청 사항을 그날 검사가 들어주어야 하니 사실상 불가능한 일이나 마찬가지였다. 코리안 데스크도 현지 경찰청이나 이민청과는 협조를 했지만 검찰과는 공조를 할 기회가 없었기 때문에 사정이 크게 다르지 않았다.

'이거야 원, 대통령이라도 와야 송환할 수 있으려나.' 그때 앗 하는 생각이 들었다. 대사는 그 나라에서 우리나라를 대표하는 대통령과 같은 존재 아닌가. 고심 끝에 경찰 주재관이 대

사의 서한문을 가지고 간다면 가능할 수도 있겠다는 생각이
떠올랐다.

긴급하게 경찰 주재관에게 부탁을 했다. 담당 경찰 주재
관은 마침 휴가로 타지에 있었기에 그보다 상급자인 총경 주
재관과 연락이 닿았는데, 그 주재관은 백두용 총경이었다. 나
와 같은 경찰서에서 근무한 적이 있던 그는 합리적이고 적극
적인 성격의 경찰관이었다.

"주재관님! 얘네들 이번에 꼭 송환해야 합니다. 도와주실
분이 주재관님밖에 없습니다. 꼭 부탁드립니다." 사정을 설명
하고 백 주재관에게 부탁했다. "제가 참석해야 하는 행사가 있
는데, 누가 대신 참석할 수 있나 한번 보죠." 일단 긍정적인 주
재관의 대답에 마지막 희망을 걸었다.

간곡한 부탁으로 백 주재관은 예정되어 있던 행사에 불
참하고 우리를 도와주러 왔다. 백 주재관의 손에는 협조를 요
청하는 내용의 대한민국 대사관 대사 서한이 들려 있었다. 한
국을 대표하는 그 서한 덕분에 우리는 단 몇 시간 만에 검찰청
에 입성할 수 있었다.

어찌저찌 검찰청에는 겨우 들어갔는데, 담당 검사를 만
나는 것도 쉬운 일이 아니었다. 행정 업무 담당으로 보이는 사

람이 먼저 들어와 경찰 주재관이 우리가 오게 된 이유와 요청하는 바를 설명했다.

담당자가 이야기를 듣고 나간 뒤, 또 한참을 기다리니 검사라는 사람이 왔고 경찰 주재관은 다시 처음부터 설명했다. 그 검사는 자기는 권한이 없으니 권한 있는 검사를 만나게 해 주겠다고 답했다. 시간은 계속 지나고 있었고 정말 속이 타고 미칠 지경이었다. 이번에 송환을 못 하면 언제 다시 성사될지는 알 수가 없었다.

특히 허건 팀장이 경감 특진을 앞두고 있었기 때문에 더욱 속이 타들어갔다. 내 승진은 아니지만 허 팀장이 은혜로교회 사건 때부터 얼마나 열심히 했는지를 그 누구보다도 잘 알고 있어서 조금이라도 도움이 되고 싶었다.

이렇게 열심히 자기 맡은 일을 성실히 수행하는 경찰관들에게 조직에서 줄 수 있는 최소한의 것이 승진이다. 성과 있는 직원들이 잘되는 모습을 다른 직원들이 본받고 따라할 때 경찰 조직이 발전할 수 있다.

일은 안 하고 요령 피우고 아부만 하는 사람들을 승진시키게 되면 조직 전체의 사기가 저하된다. 이게 곧 치안력 약화로 연결되고 경찰에 대한 국민의 신뢰가 떨어지는 것이다. 그

체포영장을 집행하는 허건 팀장(좌), 국내 송환 모습(우)

래서 '인사가 만사'라는 이야기가 생긴 것 같다. '열심히 하는
사람에게 정당한 보상을 주어야 한다'는 것이 내 신념이다. 그
래서 이 건을 성사시켜 허 팀장을 꼭 특진시켜야겠다는 마음
도 강했다.

　얼마나 기다렸을까. 드디어 그렇게 기다리던 담당 검사
를 만날 수 있었다. 담당 검사는 여성으로, 검사 중에서도 직
급이 높았으며 성격이 호탕해 보였다. 그녀는 자신도 한국에
다녀온 적이 있다면서 우리에게 호감을 보였다. 이제야 조금
씩 희망이 보이는 것 같았다. 경찰 주재관이 다시 한번 사건을
설명하며 필리핀 검찰청의 협조를 간곡하게 부탁했고, 담당
검사는 결국 우리의 부탁을 들어주었다.

　연신 감사의 인사를 하면서 검찰청을 나오자 몇 시간 동안 마음을 졸이느라 몇 년은 늙은 느낌이 들었다. 취소될 뻔한 송환을 백두용 주재관 덕분에 살리게 된 것이다. 경찰관은 어느 위치에 어떠한 사람이 있는가가 정말 중요하다. 사람에 따라 불가능해 보이던 일이 가능해지기도 하고 그 반대의 일도 일어나기 때문이다. 내가 송환팀을 직접 이끌고 간 것도 신의 한 수였다. 다행히 나와 인연이 있는 백 주재관이 근무하고 있었고, 그가 적극적으로 도와주었기에 일을 잘 마무리할 수 있었다.

첩보 수집과 확인 과정을 수십 차례 거치고 마지막 변수까지 많은 우여곡절 끝에 민준파 총책과 부총책 송환에 성공했다. 허 팀장도 보이스 피싱 단속 우수 수사관으로 선정되어 경감 특진을 했다. 늘 열심히 해준 그에게 항상 마음의 빚이 있었는데 조금이나마 마음이 가벼워졌다.

사진으로만 보았던 민준파의 총책과 부총책을 직접 보는 것은 처음이었다. 생각했던 것보다 많이 어려 보였다. 영화에서와 달리 범죄자를 실제로 보면 이상한 감정이 들 때가 종종 있다. 나쁜 놈처럼 생겼어야 하는데 그렇지 못하고 너무 평범한 모습일 때 특히 그런 생각이 든다.

2023년 11월 서울동부지법은 민준파 두목 최 씨에게 징역 35년과 20억 원의 추징명령을, 부두목 이 씨에게 징역 27년과 3억 원의 추징명령을 내렸다. 국내 보이스 피싱 범죄 사상 최장기형 선고로, 경찰로서 오랜만에 속 시원하다고 느낀 판결이었다.

Part2.

DATE: ORIGINATOR:

SUBJECT:

DATE	ACTION	INITIAL

동남아 3대 마약왕

사탕수수밭 살인 사건, 필리핀 박왕열

필리핀 사탕수수밭
살인 사건

마약을 공급하는 자들이 아닌 마약을 구입해서 투약하는 사람들을 '단순 투약자'라고 부른다. 국내에서 검거하는 마약사범의 대부분은 단순 투약자이다. 이들을 잡아서는 얻는 것이 별로 없다. 사실 이들은 처벌하더라도 별다른 조치가 없다면 다시 투약할 확률이 매우 높다. 계속해서 전과자만 양성되는 악순환 구조이다. 단순 투약자들에게는 처벌보다 이들이 다시 마약을 하지 않도록 치료에 중점을 두어야 한다. 집중해서 검거할 대상자들은 바로 '마약 공급자'들이다. 지금 수사기관의 마약사범 대응 방식이 획기적으로 바뀌어야 할 이유이기도 하다.

우리가 집중해서 추적한 범죄자들도 당연하게 마약 공급자들이었다. 마약을 생산하는 마약생산지, 특히 거리상 근접한 동남아에서 마약을 공급하는 사람들이다. 당시 마약을 국내로 공급한 혐의로 경찰의 수사망에 잡혔던 주요 마약상은 3명으로, 필리핀 '박왕열', 태국 및 캄보디아 '최정옥', 베트남 '김형렬'이었다. 당시 파악한 마약상 중 가장 규모가 큰 공급자들이었다. 우리는 이들을 '동남아 3대 마약왕'이라고 불렀다. 이들은 검거되었지만 지금도 그들의 빈자리를 또 누군가가 채우고 있을 것이다.

2015년 10월 11일 필리핀 팜팡가의 한 사탕수수밭에서 총을 맞고 사망한 동양인 3명의 시체가 발견됐다. 손발이 다 묶여 있었고, 머리에 총상이 있었다. 사건 발생 초기에는 사망자들이 중국인이라는 이야기가 있었으나 결국 한국인으로 밝혀졌다.

사망자들은 한국에서 150억 원대 투자 사기 혐의로 수사를 받던 3명이었다. 이들은 수사를 받게 되자 도피처를 물색했고, 이때 같이 일했던 박왕열의 지인 소개로 필리핀으로 도피한 것이었다. 박왕열은 은신처를 제공해주는 대가로 이들에게서 거액의 투자금을 받아 카지노 사업에 투자를 했지만 별

현장 임장 중인 코리안 데스크

다른 수익을 얻지 못했다. 약속했던 이익금을 제대로 지급하지 못하게 되자 갈등이 생겨 이들을 살해하기로 결심하게 된 것이다.

당시 코리안 데스크로 근무했던 이지훈 경감은 탐문수사 끝에 피해자들과 함께 다녔다는 '박왕열'이라는 한국인 남성의 이름을 듣게 됐다. 이 경감은 박왕열을 용의자로 두고 수사를 시작했지만 필리핀 경찰과 수사를 진행하면서 수사망이 좁혀오자 박왕열은 도주했다. 한국 경찰청에서는 사건 해결을 위해 필리핀 현지에 사건 담당 수사관과 과학수사요원 등으로 구성된 공동 조사팀을 파견했다. 공동 조사팀은 피해자들이 머물렀던 숙소 내 버려진 콜라 캔에서 피해자들의 것이 아닌 지문을 발견했고, 그 지문은 박왕열과 그와 친분이 있던 김춘수의 것으로 확인되었다.

이 경감은 박왕열을 검거하기 위해 37일 동안 필리핀 전역을 뒤졌다. 결정적인 단서는 박왕열과 함께 도피 생활을 하던 필리핀 여자친구가 SNS에 올린 사진이었다. 그녀가 올린 사진 한쪽 구석에 냅킨이 놓여 있었고, 그 냅킨에 새겨진 상호가 마닐라에 있는 한 콘도의 레스토랑으로 확인되면서 현지 도피처를 특정했던 것이다. 특정된 박왕열의 은신처를 필리핀 이민청 검거팀과 함께 급습하였고, 팬티만 입고 은신처에서 쉬고 있던 박 씨는 바로 체포되었다. 이 체포 영상은 유튜브에도 올라와 있는데, 영상을 촬영한 사람이 바로 이 경감이다.

용의자 박왕열이 검거된 후 수사는 급물살을 탔다. 피해자 숙소에서 지문이 발견되었지만 범행 관련성을 부인하던 공범 김춘수가 자백을 한 것이다. 김춘수는 박 씨가 자신에게 모든 죄를 뒤집어씌울까 두려웠기 때문에 자백을 한다고 했다. 김춘수의 진술에 따르면 박왕열의 범행을 도와주는 대가로 1억 원을 받기로 했고, 피해자들을 직접 총으로 쏜 것은 박왕열이라고 했다. 김춘수는 국내로 송환되어 대법원에서 징역 30년형을 선고받고 현재 교도소에 수감 중이다.

필리핀 이민청에 검거된 박왕열

사건 발생 2일 후, 박왕열은 필리핀 호텔 내 카지노에 예치된 피해자들의 투자금 3,000만 페소(당시 한화 약 7억 2천만 원 상당)를 인출하였다. 돈을 인출할 당시 서류에는 "박왕열만이 인출할 수 있다Only Park Wang Yeol can allow to withdraw"라는 문구가 상단에 기재되어 있었다.

외국인보호소에서
탈출한 박왕열

검거되어 필리핀 이민청 외국인보호소에 수감되었던 박왕열은 보호소의 천장을 뚫고 지붕을 통해 탈출했다. 외국인보호소 직원들의 조력이 있었다고 짐작할 수 있는 부분이었다. 이 사건 이후 외국인보호소 소장을 포함하여 근무하던 이민청 직원들이 상당수 교체되었다. 박왕열의 도주 후 직접 현장을 방문했는데, 내가 방문했을 때 천장은 이미 보수가 되어 있었지만 열악한 보호시설을 직접 확인할 수 있었다. 보호소에 들어가니 웃옷은 벗고 반바지만 입고 있는 수감자들이 눈에 들어왔다. 한눈에 보아도 한국인으로 보이는 수감자들의 시선이 모두 내게로 쏠렸다. 웅성거리며 하는 소리 중 명확하게 들린 말을 듣고 웃을 수밖에 없었다. "야 코리안 데스크다." 필리핀으로 도망간 한국인 범죄자들에게 코리안 데스크는 그만큼 두려운 존재다.

코리안 데스크와 필리핀 이민청 도피사범 추적팀과 수개월간의 공조 끝에 박왕열을 다시 검거할 수 있었다. 한국 경찰청에서는 유사 사례를 방지하기 위해서 박 씨의 교도소 이감을 요청했다. 이민청 외국인보호소는 말 그대로 감옥이 아니기에 보안이 상대적으로 허술하기 때문에 보안이 괜찮은 정식 교도소로 이감을 요청한 것이다. 우리의 요청대로 박 씨는 팜팡가주 교도소에 이송 수감됐다. 박왕열이 탈옥했을 당시 그를 최초로 검거했었던 이지훈 반장의 근심이 깊어 보였다.

이 경감을 걱정하는 한 직원이 일부러 농담을 건넸다. "왕열이가 이 반장 만나러 한국에 왔다던데?" 하지만 이 경감의 표정은 풀어지지 않았다.

두 번째 탈옥과 마약

필리핀 현지의 재판이 지지부진하던 차, 코리안 데스크에서 기가 막힌 보고가 들어왔다. 박왕열이 팜팡가주 교도소에서 또 탈옥했다는 내용이었다. "이 자식도 대단하고 이게 가능한 필리핀도 대단하네." 절로 탄식이 나왔다. 재판 참석을 마치고 교도소로 돌아오는 길에 식당에서 교도관과 같이 식사를 하던 중 화장실에 간다고 하고서 화장실 창문을 통해 도주했다는 것이다. 한 번도 아니고 두 번씩이나 살인범이 탈옥을 했다는 사실에 기가 막혔지만 기겁하고만 있을 시간이 없었다. 바로 이에 대한 대응책을 마련해야 했다.

우선 박 씨에 관해 모을 수 있는 첩보란 첩보는 전부 모았다. 박 씨가 필리핀 민다나오 지역의 반군 관계자와 친분이 있어 그 지역에 숨어 있다는 이야기도 있었고, 밀항 방식으로 인근 국가로 도피한다는 첩보도 있었다. 그래서 인근 국가인 대만, 미얀마, 홍콩, 인도네시아, 말레이시아, 베트남, 태국 등에 관련 내용을 알려주면서 박 씨 발견 시 검거토록 요청했다. 인근 국가에 공조 요청을 했지만 나는 박 씨가 다른 나라로 이동했을 것이라고 판단하지는 않았다. 필리핀에 아는 사람들이 있고 지리도 익숙한데 굳이 잘 알지 못하는 다른 나라로 도피할 가능성은 매우 적었다.

어차피 도망자의 신분이라면 자신에게 익숙한 곳에서 도피 생활을 하는 게 편하다. 그리고 국경을 넘나드는 과정에서 신분이 발각될 우려가 높기 때문에 굳이 위험을 감수할 필요는 없다. 또한 한인들이 많은 지역이면 발각될 가능성이 높으므로 한국인이 드문 필리핀 어딘가에 숨어 있으리라고 예상했다.

이때까지만 해도 박왕열은 마약 범죄와는 별다른 관련이 없었다. 박왕열의 마약 관련성을 알게 된 것은 약 4개월간 행방이 묘연하던 시기, 의정부경찰서 마약수사팀이 국제공조 요청을 접수하면서였다. 의정부경찰서 마약수사팀은 필로폰 매매 혐의로 구속된 피의자 J씨로부터 박왕열에게 마약을 받아 국내에 유통했다는 진술을 확보했다. J씨는 국내에서 사기 범행 후 필리핀으로 도피하였다가 체포되어 현지 이민청 외국

인수용소에 수용되면서 박왕열을 알게 되었다.

J씨는 박왕열이 교도소에서 탈옥한 후 메신저로 연락이 와서 '앞으로 사업은 암호화 메신저로 연락하자'고 하였다고 한다. 그 후 메신저를 통해 박왕열과 연락하여 마약을 받아 국내 구매자들에게 마약을 판매하였다. J씨의 휴대폰에는 박왕열의 필리핀 휴대폰 번호와 암호화 메신저 아이디도 저장되어 있었다. J씨는 메신저를 통해서 박왕열과 마약판매 정보를 주고받으며 마약 구입 자금을 '머니그램'이란 송금 서비스를 이용하여 필리핀으로 송금하였다.

머니그램은 미국의 머니그램 인터내셔널이라는 기업이 제공하는 자금 이체 서비스이다. 은행 대신 머니그램 전용 송금망을 이용하여 미국 달러로 송금하면, 받는 사람은 현지 국가의 머니그램 가맹점에서 해당 금액을 인출할 수 있다. 마약 대금을 박왕열이 고용한 필리핀인에게 머니그램으로 송금하고, 필리핀인은 머니그램 가맹점에서 돈을 찾아 박왕열에게 가져다주는 방식이었다. 심부름하는 필리핀인은 물론 그 대가로 수수료를 챙겼을 것이다. 첩보에 따르면 박왕열은 자정부터 새벽 3~4시까지 암호화 메신저를 이용하여 마약을 판매하고 오후 6시까지 잠을 잔다고 했고, 항상 총을 소지하고 주변

소음과 지나가는 차량에 매우 민감하다고 했다. 이미 두 번이나 검거되어 수감된 경험이 있어 검거를 무척이나 두려워했던 것 같다.

여기서 흥미로운 사실이 발견됐다. 당시 다른 사건에서 마약 밀반입 혐의로 국내에서 구속수감 중이던 K씨에 따르면, 박왕열에게 수고비를 받는 대가로 어떤 여행용 캐리어 가방을 그에게 전달했다는 것이었다. K씨는 한국에서 캐리어를 받아 필리핀으로 이동한 후 메신저를 통해 연락한 필리핀 여성을 마닐라 시내에서 만났고, 그 여성은 K씨에게 호텔을 잡아준 뒤 카지노 게임 비용을 주고 사라졌다. 이틀 후 필리핀 여성과 박왕열이 K씨를 찾아왔고, 한국에서 가져간 캐리어를 건네준 후 K씨는 귀국했다고 했다.

캐리어 전달 심부름을 시킨 사람은 바로 3대 마약왕 중 베트남 마약 총책인 김형렬이었다. K씨가 만난 필리핀 여성은 박왕열의 필리핀 여자친구로, 박 씨의 탈주에도 도움을 주었던 인물이었다.

2020년 10월 28일, 필리핀 경찰이 얻은 박 씨에 대한 정보를 토대로 라구나에서 필리핀 수도경찰청 특수작전과 대원들이 박왕열을 검거했다. 검거 현장에서는 박 씨가 마약상임을 입증하듯 다량의 마약이 발견되었다. 검거되었을 때 박왕열의 모습은 무척이나 수척해져 있었다. 오랜 도피 생활에 지쳐 있기도 했겠지만 마약을 판매하면서 직접 마약을 투약했다는 의심이 갔다.

박왕열이 검거되고 얼마 뒤 새로운 필리핀 경찰청장이 부임했다. 당시 김창룡 대한민국 경찰청장이 취임 축하 서한문을 보냈는데, 박왕열 검거에 대해 감사 내용이 포함될 수 있도록 우리 부서에서 관련 내용을 전달했다. 그만큼 박왕열의 검거는 기쁜 소식이었다.

검거된 박왕열은 도주와 마약 판매 혐의가 추가되어 필리핀에서 재판을 받게 됐다. 필리핀 법원은 자국에서 발생한 사건을 재판할 권리가 있고, 이는 침범 불가능한 주권의 영역이다. 따라서 필리핀 재판 절차를 생략하고 박왕열을 범죄인 인도하는 것은 사실상 어렵다고 본다. 반대로 생각하면 이해하기 쉽다. 필리핀 사람이 우리나라에서 필리핀 사람 3명을 살해하고 마약을 판매하고 탈옥했다면 어떻게 하겠는가? 당연하게 우리나라 법원에서 판결을 받고 교도소에 수감될 것이다. 그럼에도 필리핀 정부가 자진해서 박왕열을 한국에 인도하기로 결정한다면 송환이 가능하다.

한편 이지훈 경감은 코리안 데스크 임무를 마치고 국내로 복귀해서 경찰청 인터폴계에서 나와 오랜 기간 같이 근무하게 된다.

2022년 인기를 끌었던 디즈니플러스 드라마 〈카지노〉의 김경영(찰리)이라는 등장인물은 박왕열을 모티브로 만들어졌다. 〈카지노〉에 박왕열이 나오는 이유는 드라마 자문을 해준 사람이 바로 이지훈 반장이기 때문이다. 이 반장은 "드라마에 코데가 나오는데 제가 자문을 해주었어요. 주인공은 아니고 좀 꺼벙하게 나와요. 코데 역할을 하는 배우는 요즘 뜨고 있는 손석구예요"라고 했다. 나는 드라마를 잘 시청하지 않았기에 "누구? 난 모르겠는데"라고 대답하고 말았는데, 손석구 씨는 이후 누구라도 모를 수가 없는 배우가 되었다. 드라마 속 '오승훈(손석구 분)'과 현실의 '이지훈' 반장은 경찰 간부 후보생 출신이고 코리안 데스크로 당시에 30대 미혼이었다는 공통점이 있다. 이름이 '훈'으로 끝나는 것도 똑같다. 드라마가 인기를 끌 무렵에야 뒤늦게 내가 물었다. "이 반장, 혹시 손석구 씨하고 연락 자주해? 유명해지면 연락을 하기 어려운데." 이 반장은 대답 없이 웃음을 지었다.

탈북자에서 거물급 마약상으로,
태국·캄보디아 최정옥

거물급 여성 마약상의 등장

2022년 4월 1일, 한 여성 마약상이 국내 송환되었다. 35세 최정옥, 전 세계 헤로인의 약 70퍼센트 정도를 생산한다고 알려진 동남아의 마약 생산지 골든트라이앵글Golden Triangle을 거점으로 한 거물급 마약 공급책이었다. 2011년 탈북해 처음 한국으로 들어왔던 그녀가 10여 년 만에 동남아 거물급 마약 공급책이 되어 다시 한국으로 잡혀 들어온 것이다. 한국에 정착한 최정옥은 처음에는 최소한의 생계 수단으로 소량의 마약을 팔아왔다. 그런데 몇 년 뒤, 태국과 캄보디아를 넘나드는 거물급 마약 공급책이 되어 있었다. 대체 무슨 일이 있었던 걸까.

최정옥에 대한 공조 요청은 2018년 12월 의정부 지검에서 처음으로 접수됐다. 당시 최 씨의 혐의는 중국의 필로폰 공급책으로부터 국제 항공우편으로 필로폰 약 100그램을 받아 국내에 판매한 혐의였다. 마약사범이었지만 범죄 혐의는 상대적으로 크지 않았다.

최 씨가 중국으로 이미 출국한 이후였기 때문에 검찰에서 경찰청에 공조 요청을 했고, 우리는 인터폴 사무총국을 통해 인터폴 적색수배를 발부받았다. 국제공조를 통해 중국 인터폴로부터 최 씨가 베트남으로 이동했다는 정보를 얻었고, 곧바로 베트남 공안부에도 최 씨에 대한 소재 파악 등을 요청했다.

처음 공조 요청이 왔을 당시만 하더라도 최 씨는 소규모 마약 유통책에 불과했다. 그런데 2020년 1월, 노원경찰서에서도 마약 유통 혐의로 최 씨에 대한 공조 요청이 들어왔다. 비슷한 사건으로 공조 요청이 늘어나자 우리는 점차 최 씨에게 주목하게 되었다.

탈북자에서 마약 공급책으로

최정옥은 2011년에 북한을 탈출했다. 그녀는 탈북 후 노래방 도우미 일을 하며 수도권에 거주하는 탈북자들을 대상으로 소규모로 마약을 판매했다고 한다. 탈북자는 중국을 거쳐 국내로 오는 경우가 대부분이므로 중국 지리와 중국 내 마약 유통 루트에 정보가 있을 것으로 추측되었다. 그러다가 2016년 검거되자 형량을 낮추기 위해 다른 마약 범죄를 제보하는 정보원으로 활동했다. 경찰과 검찰에서 정보원으로 활동하면서 얻은 경험, 교도소에서 만난 다른 마약사범들, 최정옥은 이때부터 이미 범행 규모를 확장할 준비를 갖춰나가고 있었는지도 모른다.

최정옥은 탈북한 후 무슨 이유인지는 정확히 알 수 없으나 일본, 캐나다, 호주 등을 방문하였다. 2017년에는 한 차례 중국에 방문했다가 이후 2018년 3월에 중국으로 출국하여 귀국하지 않았다. 이 기간 줄곧 중국과 동남아 지역에서 머문 것으로 파악됐다. 처음에 국제공조 요청이 왔을 당시만 해도 그녀의 사진은 순박해 보였지만, 이후 거물급 마약상이 되어가며 그녀의 외모도 점차 변해갔다.

노원경찰서에서 청구했던 영장의 내용은 최 씨가 중국에 거주하면서 국내에 있는 중간 판매책인 왕 씨 등을 이용하여 SNS를 통해 '던지기 수법'으로 마약을 판매한 혐의였다. 던지기 수법이란 직접 만나 거래하는 게 아니라 마약을 특정 장소에 숨겨놓고, 구매자가 숨긴 장소로 가서 마약을 찾아가는 거래 방식이다. 서울 광진경찰서와 광주지검에서도 마약 판매 혐의로 최정옥에 대한 국제공조 요청이 이어졌다. 최 씨의 마약 범죄 규모가 점차 증가함에 따라 우리도 추적에 더욱 박차를 가했다.

대어를 놓아주다

최정옥은 잡힐 듯 말 듯, 중국에서 베트남, 캄보디아, 태국을 수시로 이동하며 추적을 피해갔다. 그런데 우리의 노력과는 별개로 전혀 예상치 못한 곳에서 최정옥이 검거되었다. 태국 파타야에 있는 주택 내에서 중국인 2명과 함께 마약 투약 및 소지 혐의로 체포된 것이었다. 최 씨는 체포 후 방라뭉경찰서에 구금됐다. 검거 당시 최정옥의 사진은 최초 국제공조 요청 때와 많이 달라 보였다. 성형수술을 했거나 오랜 외국 생활로 변해가는 것으로 보였고, 체포되지 않기 위해서 변신을 해간다는 생각도 들었다.

국외 도피 수배자들은 여러 범죄를 왔다 갔다 하는 경우가 많다. 보이스 피싱을 하다가 마약도 팔고, 마약 팔다가 시간 나면 보이스 피싱도 하고 말이다. 최정옥 또한 그가 체포될 무렵 발부된 지명수배가 무려 10건이었는데 9건은 마약 관련,

1건은 보이스 피싱 관련이었다.

최정옥은 태국 경찰에 검거되었을 때 마약 검사에서 양성이 나왔고, 자신이 캄보디아에서 태국으로 밀입국했다고 진술했다. 그러나 태국 법원은 최정옥을 중범죄자로 판단하지 않았는지 2021년 8월 보석으로 석방했다. 그 소식을 듣고 인터폴계 태국 담당에게 "최정옥이 곧 도망가겠네"라고 하자, 태국 담당 역시 "당연하죠, 바보가 아닌 한 도망가겠죠"라고 대답했다.

태국 경찰은 최정옥이 한 달에 한 번으로 예정된 출석일을 지키지 않으면 체포영장을 발부하겠다고 우리를 애써 위로했지만, 태국 법원만 빼고 모두가 예상했듯이 최정옥은 지정된 날짜에 출석하지 않고 행방불명되었다.

다시 최 씨에 대한 추적이 시작됐다. 서울경찰청 인터폴 추적팀에서 최정옥이 파타야 소재 한 호텔에서 중국 메신저로 불상자들과 마약 거래를 지속한다는 첩보를 입수했다. 태국 경찰을 동원하여 조사했으나 최 씨의 소재는 확인할 수 없었다. 애써 잡은 대어大漁를 놓친 것이 안타깝기만 했다. 잡은 물고기를 놓아준 태국 법원도 원망스러웠다.

캄보디아에서의 검거와
험난한 송환

최정옥이 태국에서 캄보디아로 밀입국했고 중국 핸드폰을 사용하고 있다는 구체적인 첩보를 입수했다. 곧바로 캄보디아 경찰 정보국에 대상자에 대한 검거를 요청하고, 경찰 주재관들과 평소 협력관계에 있던 캄보디아 경찰들에게 연락을 돌려 협조가 잘될 수 있도록 재차 압박을 했다.

캄보디아 경찰청 정보국 경찰이 최정옥의 은신처를 확인했고, 결국 2022년 1월 30일 시아누크빌에 있는 아파트에 은신 중이던 최정옥이 마침내 캄보디아 경찰에 검거됐다. 캄보디아 내에서 소재 첩보를 확보하고 경찰 협조를 얻는 데 우리나라 국가정보원에서 큰 도움을 주었다.

여러 부서가 수사에 관여하고 있었기 때문에 호송관 파견 부서를 결정하는 것도 간단한 문제는 아니었다. 경찰관이라면 누구라도 거물 마약상을 국내로 직접 송환해서 먼저 조사하여 성과를 내고 싶은 마음이 있을 것이다. 나는 검거에 기여도가 높은 부서에서 호송관을 파견해야 한다고 판단했다. 그래야 해외로 도피한 범죄자에 대한 수사관서의 관심이 많아지고 관련 첩보도 수집하여 범죄자 검거 가능성을 높일 수 있기 때문이다. 첩보 수집에 노력했던 경기북부경찰청 강력범죄수사대 수사관들을 호송관으로 파견하기로 결정했다. 경기북부 강력범죄수사대는 최 씨가 태국에서 보석 상태임에도 지속적으로 마약을 국내에 밀수입했던 수사 자료를 계속 제공하는 등 노력하였기 때문이다.

해외에서 범죄자를 검거하더라도 국내 송환까지는 변수가 많다 보니 우리는 최대한 신속히 송환하기 위해 노력한다. 범죄자가 국내에 들어와야 우리 일이 끝나는 것이고 국내로 와야 수사도 하고 재판도 받게 할 수 있다. 우리가 송환을 위해 매번 해당 국가를 방문하기에는 비용, 시간, 관련 부서 협의 등 현실적인 어려움이 많기 때문에 송환을 위해서는 현지에 근무하는 경찰 주재관의 도움이 꼭 필요하다. 다행히 당시 캄보디아 경찰 주재관은 업무를 적극적으로 수행하는 경찰관이었다. 경찰 주재관이 최정옥의 신속한 국내 송환을 위해 캄보디아 경찰청에 수차례 방문하여 신속한 절차 진행을 요청하였지만 현지 행정절차가 워낙 느리다 보니 약 2개월이 지나서야 겨우 송환에 대한 확답을 받을 수 있었다.

2022년 3월 22일, 경찰 주재관은 캄보디아 경찰청으로부터 최정옥의 국내 송환 결정이 내려진 사실을 통보받았다. 우리는 경찰 주재관에게 송환 절차를 최대한 빨리 진행시킬 것을 지시했다. 코로나로 국내 입국을 위해서는 반드시 PCR 검사를 해야 했는데 3월 23일, 최 씨의 PCR 검사가 양성으로 나왔다. 검사 결과를 듣는 순간 나도 모르게 "어휴 씨……" 하는 소리가 나왔다. 다 잡은 범죄자를 놓친 경험도 있다 보니 '혹시 이거 PCR 검사 결과 위조한 거 아닌가?' 등 별의별 생각이 들면서 불안감이 밀려왔다. 태국 담당인 윤민정 경위와 커피를 마시면서 "이제 다 끝난 줄 알았는데, 무슨 영화도 아니고 송환 한번 하기가 이렇게나 어렵냐" 하는 푸념을 늘어놓았다.

캄보디아 경찰청은 PCR 검사가 음성이 나오는 대로 최 씨에 대한 송환을 다시 추진하기로 했고, 송환 절차를 재개하여 2022년 3월 31일 태국 담당 윤민정 경위와 경기북부경찰청 강력범죄수사대 형사 2명을 캄보디아 프놈펜에 송환관으로 파견했다. 호송관들은 다음 날인 2022년 4월 1일, 최정옥을 캄보디아 경찰로부터 인계받아 마침내 국내 송환했다.

사건 초기부터 계속 고생해왔던 태국 담당 윤민정 경위와 나는 그제야 마음을 놓을 수 있었다. 윤 경위는 태국어를

캄보디아 이민청 수용소에서의 최정옥

전공하고 태국에서 유학도 한 인재이다. 태국어에 능통하고 태국 문화를 잘 알고 있어 태국 경찰들과도 유대감이 깊다. 일이 많을 때면 점심도 안 먹고 일에 몰두하는 경향이 있어 최정옥 때문에 식사도 참 많이 걸렀다. 이런 상황을 잘 알고 있었기에 우리가 맡은 임무가 종결되자 내 마음도 한결 편했다. 이로써 2018년 12월에 시작된 최정옥 케이스는 4년 4개월 만인 2022년 4월 종결됐다.

유명인의 마약 판매책 베트남 김형렬

내가 바로 마약왕

2021년 2월 5일 《뉴스타파》에서 〈내가 '마약왕 박왕열' 상선... '마약 네트워크' 추적기〉라는 제목으로 기사가 나왔다. 주요 내용은 마약왕 박왕열에게 마약을 공급한 사람이 김형렬이고, 그가 베트남 호치민에 있다는 내용이었다.

기사가 예상했던 것보다 구체적이고 잘 작성되어 있어서 기자가 누구인지 유심히 보았더니 홍주환 기자였다. 홍 기자와 전화 통화를 하게 되었는데, 그는 '경찰이 일부러 김형렬을 추적하지 않는 것 아니냐'고 의심하기도 했다. 나는 '세부적인 것은 알려주기 어렵지만 추적하고 있다'고 설명했다. 추적 단계에서 언론에 알려줄 수 있는 내용에는 한계가 많다. "다른 내용을 밝힐 수는 없지만 김형렬을 잡게 되면 홍 기자에게 가장 먼저 알려주겠습니다"라고 약속했다.

　김형렬에 대한 국제공조 요청은 2019년 6월로 거슬러 올라간다. 경기남부경찰청 형사과에서 필로폰 판매 조직 총책이라는 사람에게 인터폴 적색수배 및 국제공조를 요청하였다. 그 사람이 바로 김형렬이었다.

　우리는 곧 인터폴 적색수배를 발부받고 베트남 공안에 공조 요청을 했다. 김형렬은 베트남에서 국제우편을 통해 필로폰을 국내로 밀반입하였다. 국내 전달책들은 '던지기' 방식으로 비닐봉지에 필로폰을 각각 소포장하여 주택가 우편함 등에 붙여두고 숨겨둔 장소 등을 사진 촬영하여 구매자들에게 전달한 뒤 구매 대금을 송금받았다. 구매자와 대화나 사진 전달은 보안이 유지되는 메신저로 했다.

　공조 요청 당시에는 김형렬이 그렇게 큰 마약 공급자인 줄 몰랐다. 나중에 동남아 마약 공급선의 퍼즐을 맞추면서 김형렬이 필리핀 박왕열, 태국·캄보디아 최정옥에게 마약을 공급했던 최상선이라는 사실을 알게 되었다.

　수사관서에서 김 씨가 호치민 7번가 롯데마트 주변에 은신해 있다는 비교적 구체적인 정보를 파악했다. 하지만 그 정도의 정보만으로 범죄자를 추적해서 검거하기란 매우 어려운 일이다. 외국에서는 더욱 어렵다.

반대로 생각해보면 알 수 있다. 예를 들어 '베트남 범죄자가 서울 ○○마트 주변에 은신해 있다'라는 내용만으로 대상자를 추적해서 검거할 수 있을까? 뜬구름 잡는 이야기일 뿐 아니라 한국 경찰 입장에서도 검거해야 할 한국인 범죄자도 많은데 굳이 베트남 범죄자까지 잡는다는 것은 현실성이 낮다.

베트남 공안을 움직여서 대상자를 검거할 수 있게 하는 것이 우리의 일이다. 그렇기 때문에 지속해서 베트남 공안들과 형제처럼 지내며 신뢰를 쌓아왔다. 베트남 공안들의 문화는 우리나라의 예전 술 문화와 비슷하다. 술을 같이 마셔야 친밀감이 쌓이고, 자주 마시면 더욱 좋아졌다. 쓰러지기 직전까지 술을 참 많이도 함께 마셨다. 베트남 공안들과 술을 마실 때면 미리 준비를 하고 나갈 정도였다. 전날은 충분히 휴식을 취하는 것은 물론, 숙취해소제도 미리 2병 정도 마셨다. 술에서 이겨야 공조에서도 우위를 점할 수 있다. 우습게 들릴 수도 있지만 이게 현실이다. 이렇게 철저한 준비한 덕분인지 한 번도 진 적은 없다.

물론 우애만 쌓는 것은 아니다. 베트남 공안들이 조금이라도 더 쉽게 범죄자를 찾고 검거할 수 있도록 최대한 자세한 첩보를 얻기 위한 노력이 필요했다.

　그러나 예상했던 대로 김형렬에 대한 첩보는 얻기가 어려웠다. 한동안 추적에 어려움을 겪던 중 박왕열의 국내 마약 판매 총책 '바티칸 킹덤' 조직원이 구속되어 그의 휴대폰 포렌식을 통해 정보를 얻을 수 있었다. 김형렬에게 국제우편으로 우편물을 보내기 전에 사진을 촬영하여 저장한 사진 파일과 해외 도피를 위한 인도네시아 위조 여권 사진 파일이 나온 것이다.

　국제우편물은 김형렬이 치료를 위해 복용 중이던 약이었다. 김형렬은 심장 수술을 받아 심장병 약을 복용했는데, 한국에서 2~3개월마다 한 번씩 약을 따로 보내주었다고 했다.

　김형렬은 2000년부터 태국, 필리핀, 캄보디아, 베트남 등을 드나들고 있었다. 베트남 공안부는 김형렬이 베트남에 총 5회 방문했는데 2019년 3월 17일 베트남에 입국한 이후 출국하지 않았다는 내용을 우리에게 알려주었다. 또한 김형렬의 마약 판매가 늘어남에 따라 수사관서도 늘어났다. 여러 수사관서들로부터 김형렬 관련 여러 첩보를 입수했지만 소재를 파악하는 결정적인 성과는 얻을 수 없었다.

국외 도피사범 100

그러던 가운데 2022년 인터폴계에서 해외로 도피한 범죄자 검거에 성과를 내기 위해 '국외 도피사범 100'을 선정했다. 직원들의 아이디어를 모은 것인데, 중요한 범죄자에 집중해서 우선 검거하자는 취지였다. 물론 내가 인터폴계장으로 발령받자마자 검거 우선순위자를 추리기는 했었지만 이렇게 구체적이고 체계적이지는 못했다. 국외로 도피한 수많은 범죄자들 중 넘버원으로 김형렬을 선정했다. 성과를 내기 위해 국외 도피사범 추적을 전담하는 인터폴 국제공조팀과도 주기적인 회의를 진행했다. 일종의 업무 압박이라고 할 수도 있다.

인천지방경찰청 인터폴 국제공조팀에서 김형렬에 대한 첩보 수집 등 집중 추적에 나섰다. 인천청 공조팀은 여러 수사 관서에 흩어져 있던 단편적인 첩보를 모두 모아 추적에 대한 큰 그림을 그리기 시작했다. 박왕열, 최정옥, 김형렬이 서로 암호화 메신저를 사용해서 소통했다는 점에 착안하여 이미 검거되어 송환된 최정옥으로부터 김형렬에 관한 정보를 입수할 수 있었다. 또한 전국 수사 기록을 종합 분석하여 공범들의 진술과 금융 거래 내역 등에서 중요 단서를 포착했다.

국내에서 이미 검거된 김형렬의 자금관리책을 통해 대략적인 김형렬의 배회처를 특정했다. 김형렬의 구체적인 소재 정보를 얻은 뒤 검거를 위한 공동 조사팀을 베트남에 파견했다. 공동 조사팀은 인천청 공조팀 수사관 2명과 인터폴계 베트남 담당으로 구성됐다. 베트남 호치민에 출장하여 베트남 공안부 대외국 및 마약국 수사팀과 공조를 진행했다. 또한 베트남 공안과 공동 조사를 통해 김형렬의 배회처와 마약 밀반입에 주로 사용하는 배송업체 주변을 탐문하고 정보원을 통해 입수한 김형렬의 은신처에 대해 탐문수사도 진행했다.

무엇보다도 김형렬의 휴대전화 위치추적과 탐문수사 등을 통해 김형렬의 최근 CCTV 영상을 확보하는 성과를 얻게 됐다. 곧 피의자를 검거할 수 있겠다는 기대감에 들떴다. CCTV 속 김형렬은 피부가 검게 그을렸고 노란 머리였기 때문에 얼핏 보면 한국 사람 같아 보이지 않았다. 그게 목적이었을 것이다. 김형렬은 인도네시아 위조 여권을 소지하였고 CCTV를 확보한 지역도 인도네시아인 거주 지역이었다. 그 지역 인도네시아인처럼 보이려고 했던 것 같다. 결정적으로 김형렬의 왼쪽 손목에 화상자국이 있었는데 CCTV에 찍힌 남성의 왼쪽 손목에도 같은 흉터가 있었다.

하지만 더 이상의 구체적인 정보를 얻지 못하였고, 너무나도 아쉬웠지만 나머지 추적 업무는 베트남 공안에게 부탁하고 예산과 국내 업무 문제 등으로 공동 조사팀은 일단 귀국하게 됐다.

범죄자의 은신처

한동안 소식이 없었던 베트남 공안부에서 2022년 6월 말에 연락이 왔다. 김형렬의 소재지를 파악하였으니 검거 시기를 조율하자는 내용이었다. 우리는 피의자가 위조 여권 등을 사용하였기에 신분 확인을 위해 검거 시기에 맞춰 한국 경찰청 수사관들을 현지에 파견해 피의자 신원 확인을 도와주겠다고 제안했고, 베트남 공안부도 이를 승낙했다. 그래서 '검거 지원팀'이라는 명칭으로 한국 수사관들이 파견됐다. 사실상 같이 체포하자는 제의였다. 공안부 내 복잡한 결재 구조 등 내부 사정으로 실제 검거 시기는 7월 중순으로 결정됐다. 검거 지원팀은 나, 인터폴계 베트남 담당, 수사 부서인 경기남부경찰청 형사과 담당, 그리고 결정적인 위치 첩보를 확보한 인천청 공조팀 임종은 경위, 이렇게 4명으로 구성됐다.

2022년 7월 16일 토요일, 검거 지원팀은 인천공항에서 출발하여 밤 10시에 베트남 호치민에 도착했다. 다음 날 아침 일찍부터 일어나서 베트남 공안과 김형렬을 검거할 것을 기대하며 연락을 기다렸으나 연락이 없었다. 오후까지 공안부로부터 아무런 연락이 없었고 무엇인가 잘못되어가고 있다는 것을 직감할 수 있었다. 무슨 일인지 알고 보니 위치를 파악해 놓았다는 김형렬이 행방불명되었다는 소식이 들려왔다. 우리가 베트남에 도착하기 전까지 소재를 알고 있었고 검거를 자신했는데 막상 베트남에 와보니 없다고 하니 기가 막힐 지경이었다. '누가 장난치는 건가? 여기가 지방 공안이라 혹시 누군가 돈을 받고 풀어주었나?' 별생각이 다 들었다.

마냥 기다릴 수만은 없었기 때문에 어떻게 할까 고민했다. 결국 공안부가 있는 수도 하노이로 가서 고위급을 만나 항의하는 방법이 가장 현실적이라고 판단했다. 호치민에서 김형렬을 추적하던 팀이 마약수사팀이었기 때문에 하노이에서 고위급을 만난다면 공안부 마약국장이었다. 물론 마약국장이 나를 기다리고 있지는 않았으니, 마약국장이 안 되면 부국장이라도 만나겠다는 생각이었다. 하노이로 가는 비행 편도 예약하고 마약국장을 만나기 위해 준비를 하던 때, 공안부에서 김형렬을 검거했다는 소식을 전해 들었다. 검거 소식은 기뻤지만 이게 무슨 영문인지, 곧장 김형렬을 검거했다는 곳으로 달려갔다.

자초지종은 이러했다. 호치민 공안은 김형렬의 은신처를 파악했다. 공안부 상부에서 검거 승인이 나고 한국 경찰이 도착했을 때 다시 은신처를 확인해보니 김형렬이 없었다. 공교롭게도 김형렬이 다른 곳으로 이사를 한 상황이었다. 처음에 호치민 공안들은 김형렬을 다시 찾으려는 의지가 크지 않았다. 그도 그럴 것이 호치민 내 어딘가에 있을 테니 검거는 시간문제라고 여겼기 때문이다. 하지만 우리는 입장이 달랐다. 오랫동안 추적해왔고 정말 어렵게 여기까지 왔는데 빈손으로 돌아간다는 것은 있을 수 없는 일이었다. 그래서 김형렬 추적 실패에 대한 항의를 위해 호치민 공안부 마약국장과의 면담을 조율하고 있었고, 이러한 사실이 호치민 공안 마약수사팀에 알려졌다. 당연히 마약국장에게 혼날 것을 두려워했을 것이다. 호치민 공안 마약수사팀에서 김형렬에 대한 재추적이 긴급하게 추진되었고, 이사한 곳 주변을 수색하다가 마침 오토바이를 타고 나가려던 김 씨를 발견하여 긴급하게 체포했던 것이다.

은신처 내 피의자(좌), 주거지에서 발견된 일본도(우)

물리적으로 직접적인 검거 현장에 같이 있지는 못했지만 사실 같은 검거팀이었기 때문에 검거의 공은 베트남 공안과 한국 경찰에 공동으로 돌아갔다. 우리가 김형렬의 은신처에 도착했을 때 김 씨는 포기한 표정으로 거실 소파에 앉아 있었다. 그곳에는 미처 풀지 못한 이삿짐이 여기저기에 어지럽게 흩어져 있어서 이사 온 지 얼마 되지 않았음을 짐작할 수 있었다.

경찰 주재관이 김 씨 주변 지인들에게 연락할 기회를 주었다. 김형렬이 후배에게 전화해서 "형 공안들한테 잡혔다. 조만간 면회 좀 와라"라고 말했다. 이 말을 듣고 나는 혼자 중얼거렸다. "면회 올 필요 없는데……. 너 모레면 한국으로 송환된다." 은신처에 마약이나 다른 증거품이 있을 것으로 생각해 호치민 공안들과 함께 주거지를 수색했지만 예상과는 달리 마약은 발견할 수 없었다. 수색 중 일본도가 발견되었는데 아마도 도피 생활하면서 호신용 또는 협박용으로 지녔던 것으로 추정됐다.

그 과정에서 재미있는 일도 있었다. 은신처에 다른 한국인이 있었는데 낯이 익어 내가 "수배자 맞지?" 하고 물었다. 대상자는 짧게 "네" 하고 대답했다. 나는 국외로 도피한 범죄자 관련 공문을 결재할 때 사건 내용과 함께 반드시 사진으로 얼굴을 확인한다. 이렇게 얼굴을 꼭 확인하는 습관은 처음에는 혹여 범죄자들의 생김새에 공통된 특징이 있을까 하는 호기심에서 시작되었다. 물론 범죄와 생김새는 연관성이 없다고 결론이 난 이론이다. 롬브로소Lombroso라는 19세기 범죄학자가 '생래적 범죄인설', 범죄인의 소질을 타고난다는 학설을 주장한 적도 있는데 이미 타당성을 잃은 학설이다. 나 역시 생김새만으로는 범죄인지 아닌지는 판단할 수 없다는 것은 잘 알고 있었지만 호기심에, 육감으로 범죄인을 알아볼 방법은 없을까 하는 엉뚱하지만 간절한 마음으로 살펴보던 터였다. 특히 그때는 김미영 팀장 조직원들을 추적하느라 필리핀으로 도피한 보이스 피싱 사범들을 유심히 보던 때였다. 이 사람도 보이스 피싱 혐의로 필리핀으로 도피했고, 이름이 종교와 관련되었기 때문에 정확하게 기억에 남았다.

내가 "필리핀으로 도피했었던 거 같은데 베트남에는 언제 왔어?"라고 묻자 대상자도 무척 당황했다. 자신이 거물도 아닌데 도피한 이동 노선까지 정확하게 알고 있어 소름이 끼쳤을 것이다. 그는 "제가 필리핀에 있다가 얼마 전에 베트남으로 넘어와서 형(김형렬)을 도와주면서 일을 배우고 있습니다"라고 대답했다.

해외에서 마약 구입 루트를 알고 국제우편을 통해 국내로 밀반입만 해도 많은 돈을 벌 수 있다. 그렇기에 많은 범죄자들이 그 달콤한 유혹에서 빠질 수밖에 없는 것이다. 이 범죄자는 이미 인터폴 적색수배가 발부되어 있어서 현장에서 검거되어 김형렬 다음으로 국내로 송환됐다.

가까이 다가온 마약 범죄

김형렬을 검거하고 상황이 어느 정도 정리된 후 바로 홍 기자에게 전화했다. "김형렬 검거했습니다. 약속한 대로 제일 먼저 알려드립니다. 자세한 내용은 보도자료로 배포됩니다."

속이 후련했다.

잠시나마 경찰이 의도적으로 범죄자를 검거하지 않는다는 의심을 샀다는 자체가 기분이 썩 좋지는 않았다. 물론 그런 사례도 있었기 때문에 홍 기자도 의심이 들었을 수도 있다. 그런 의심을 싹 가시게 한 것도 사이다를 마신 듯 시원했다. 경찰관 대부분이 그러하듯 나도 '경찰은 국민들을 위해 존재의 의미를 찾아야 한다'고 생각한다. 그러기 위해서는 '특정인에게 유리하거나 불리하게 하기 위해 권한을 남용하면 안 된다'는 게 나의 신념이다. 그래야만 경찰이 국민들에게 존중을 넘어서 존경까지 받을 수 있다. '국민에게 존경받는 경찰'이 되는 것이 대한민국 경찰의 최고 목적이 아닌가 싶다. 물론 갈 길은 아직 멀지만 말이다.

김형렬이 검거되고 바로 송환을 위한 협의가 진행됐다. 물론 사전에도 협의한 사항이었지만 예전 공산주의 나라들은 독특한 특징이 남아 있어 안심할 수 없다. 협의가 잘되다가도 알 수 없는 이유로 진행이 멈추는 경우가 종종 있기에 신속한 송환 협의를 진행했다.

다행히도 협의가 잘 진행되어 김형렬에 대한 한국 송환이 결정됐고, 검거 지원팀은 7월 17일 오후에 체포한 김형렬

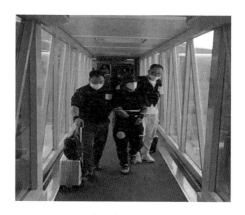
국내 송환되는 김형렬

을 7월 19일 한국으로 송환했다. 검거한 지 이틀 만에 송환하는 일은 유사사례를 찾기 어려울 정도로 드물다. 사실 비행 편 시간을 고려하면 곧바로 한국으로 보내준 셈이다. 베트남 공안과 그동안 쌓아온 공조와 신뢰 관계에서 비롯된 것이라고 할 수 있다.

반대로 '우리나라에서 베트남 범죄인을 그렇게 신속하게 베트남으로 송환시켜줄 수 있을까?' 생각을 해보면 쉽지 않다는 결론에 이른다. 베트남과 달리 우리나라는 외국인의 검거와 추방을 담당하는 기관이 경찰과 법무부 출입국으로 구분되어 있다. 따라서 신속한 송환을 담보하기 어렵다. 경찰이 출입국 사무를 담당하고 있는 나라들과 업무를 하다 보니 많은 장점을 볼 수 있었다.

많은 언론에서 김형렬의 검거를 비중 있게 다뤘다. 오랜 시간 동안 공들였던 사건이 잘 끝나니 또 한 건 해결했다는 생각에 마음이 편해졌다. 사실 공무원 입장에서 범죄자를 잡아도 못 잡아도 월급은 똑같이 나온다. 잡았다고 해서 더 나오는 것 없다. 어떻게 보면 잡으면 처리할 일만 더 많이 생긴다. 하지만 나는 경찰을 천직으로 생각했기에 이렇게 검거에 집착했던 것 같다. 무슨 일이든지 마찬가지겠지만 특히 경찰관이란 직업을 단순한 생계 수단이 아닌 천직으로 여길 때 사회에 기여를 많이 할 수 있다고 생각한다.

다만 이번 사건에서 아쉬웠던 부분이 한 가지 있다. 가장 중요한 소재 첩보를 입수했던 인천경찰청 인터폴 국제공조팀 임종은 경위를 경감으로 특진시키지 못한 것이다. 김형렬이 모 그룹 창업주 외손주 등 유명인의 마약 판매책이었다는 신문과 방송의 자극적인 보도가 잇따르고, 이 사건 이후 국내 마약 투약 및 밀매 문제가 각종 언론에 지속 보도되면서 중요한 사회문제로 대두되기도 했다. '김형렬을 그때 잡지 말고 언론의 관심이 치솟은 지금쯤 잡았다면 임 경위가 특진을 하지 않았을까?' 하는 생각마저 가끔 든다. 한발 앞서서 먼저 노력한 사람들이 그만한 대우를 받지 못하는 조직 구조가 아이러니하다. 나는 '일 따로, 승진 따로'라는 말을 제일 싫어한다. 이 말도 현실을 반영해 나온 말일 것이다. 하지만 일한 사람이 그 대가를 받는 게 당연해질 때 경찰 조직은 물론 우리 사회가 더욱 공정한 사회가 될 수 있을 것이다. 말로만 '공정'을 외치기보다는 행동으로 보여주면 되지 않을까?

우리는 한때 마약 청정국이라고 불렸는데, 지금은 고등학생이 마약을 공급하는 영화 같은 일이 벌어지고 있다. 사실 국제공조 업무를 하면서 나는 5년 전부터 마약 범죄가 심각한 사회문제가 될 것이라고 조심스럽게 전망했다. 남들보다 잘나서 예측할 수 있었던 것은 아니고, 점차 증가하는 마약 공조 사건을 다루면서 직관적으로 느낀 것이다. 특히 '버닝썬' 사건, 각종 연예인과 유명인 사건 등을 보면서 특권층이 저렇게 마약에 쉽게 손대고 있으니 일반 대중에게 번지는 건 시간문제라고 느꼈고, 그 우려는 머지않아 현실이 되었다. 치안에 조금만 관심이 있는 사람이라면 현재 대한민국에서 벌어지고 있는 마약 문제는 충분히 예측 가능했던 것이었다. 나를 포함한 많은 경찰관들이 각자의 위치에서 노력했지만, 개인에게 주어진 파편적인 권한으로는 밀려오는 쓰나미를 막기에는 역부족이었다. 사전에 사법기관이 조직적이고 총체적인 대응책을 준비했으면 좋았을 텐데 하는 아쉬움이 남는다. 그럼에도 사명감 있는 마약 수사 경찰관들이 지금의 위기를 잘 헤쳐나가리라 믿는다.

DATE: ORIGINAT

SUBJECT:

DATE

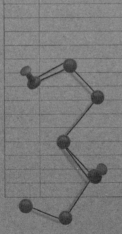

보이지 않는
곳에서의
전쟁

1조 3천억 원대 불법 사이버 도박 사이트 운영자

국정원에서 온 첩보

2019년 9월 평소 업무 협조를 하던 국정원 직원으로부터 연락이 왔다. 필리핀에서 일어나는 불법 사이버 도박 조직과 관련된 첩보를 수집하고 있는데, 인터폴 부서와 협력하고 싶다는 내용이었다. 당시 국정원은 국내 정보수집을 최소화하고 해외 정보수집에 주력하겠다던 시기였다. 국정원과 일한다면 시너지가 생길 수 있기 때문에 흔쾌히 수락했다. 경찰청 1층에 있는 카페에서 소개받은 국정원 직원을 만났다.

국정원의 첩보를 받아보니, 이미 공조가 올라온 사건이 아닌가 하는 생각이 들었다. 불법 사이버 도박 사건은 대부분 비슷한 유형으로, 특이 사항이 없으면 기억하기 쉽지 않다. 국정원에게서 들은 도박 조직 운영자 역시 이미 다른 수사기관에서 두 달 전에 국제공조 요청이 되어 있었다. 당시에 공조가 올라온 사건은 도박 규모가 약 18억 원 정도로 크지 않았고 특이 사항이 없었다. 18억 원이면 크다고 생각할 수도 있으나 불법 사이버 도박의 경우 도박 자금이 수백억에서 수천억에 이르는 경우가 많기 때문에 상대적으로 작은 규모이다.

도박 자금과 도박 운영자가 얻는 이익은 다르다. 운영 방식에 따라 다르겠지만 통상 사이버 도박 자금의 약 5퍼센트 정도를 운영자의 수익으로 본다. 도박 규모가 18억 원이면 운영자의 수익은 약 9천만 원으로, 큰 규모는 아니었다. 그러나 국정원 첩보에 따르면 이 사이버 도박 조직 운영자가 수십 개의 도박 사이트를 운영하고 있다고 했다. 그렇게 되면 도박 자금도 수천억에 이르기 때문에 우선 해결할 중요 사건이 되었다.

국정원의 첩보는 이 운영자가 김 씨, 고 씨, 황 씨 등 국내 자금관리 공범들과 공모하여 필리핀 마닐라에서 19개의 불법 사이버 도박 사이트를 운영 중이라는 내용이었다. 국정원에서 입수한 관련 사진 및 은행 계좌 등 관련 자료 일체를 서울경찰청 국제범죄수사대에 보내어 수사를 지시했다.

서울경찰청 국제범죄수사대에서 수개월간 수사를 진행하였다. 피의자들은 2018년 7월부터 2019년 12월까지 필리핀 마닐라시티에 불법 사이버 도박을 운영하는 사무실과 숙소 등을 마련하였다. 그 후 필리핀 호텔 카지노에서 실행되는 바카라 등 도박을 인터넷으로 생중계하는 사이트를 운영하며 총 152개의 대포 통장으로 회원들로부터 약 150만 차례에 걸쳐 총 1조 3천억 원을 송금받았다. 이 같은 혐의로 서울청 국제범죄수사대에서는 국내에서 87명을 검거하고 총책 등 필리핀에 체류 중인 22명에 대한 체포영장을 발부받았다.

　우리는 필리핀에 체류 중인 김 씨 등 특정된 피의자 22명에 대한 인터폴 적색수배를 발부받고 필리핀 경찰청과 이민청에 공조 요청을 했다. 당시 코리안 데스크들은 나와도 인연이 있었고 일을 적극적으로 열심히 하는 경찰관들이었다. 코리안 데스크 선발부터 관리와 업무까지 내가 관여하였는데, 사실 형식적인 공조 요청보다는 코리안 데스크에 누가 가는가에 따라 검거 성과가 달라진다. 그래서 수사 능력은 물론이거니와 기본적으로 성실하고 사명감 있는 경찰관들을 선발하려고 항상 노력한다. 당시 코로나19가 전 세계적으로 시작되는 시기였기 때문에 필리핀에도 봉쇄되는 지역이 많아서 코리안 데스크들의 활동이 매우 어려웠다. 사실 한동안은 아무것도 할 수 없었다고 보는 게 더 정확할 것 같다. 그렇게

2020년이 거의 활동도 하지 못한 채 지나가고 말았다.

첩보를 더듬어나가다

2021년 6월에 서울청 국제범죄수사대에서 김 씨의 사이버 도박 조직에 대한 첩보를 입수했다. 주요 내용은 추정되는 거주지, 운행 차량 번호, 경호원 등 주변 인물에 관련한 내용이었다. 해외로 도피한 한국인 범죄자들이 간혹 현지 경찰과 관계를 맺고 있는 경우도 있어서, 관련 첩보를 코리안 데스크에 전달하면서 비밀리에 추적할 것을 지시하였다.

우선 코리안 데스크들은 김 씨와 관련된 첩보를 하나씩 확인하는 작업에 들어갔다. 첩보가 모두 정확하다면 어려울 게 별로 없다. 수사관서에서 입수한 첩보는 맞는 부분도 있었지만 오래된 내용으로 상황이 바뀐 첩보도 있었고 부정확한 첩보도 있었다. 두목 김 씨는 매우 철두철미한 인물이었다. 항상 총으로 무장한 필리핀 경호원 10명 정도를 대동하고 다녔다. 차량으로 이동할 경우에는 자신이 탑승한 차량 앞뒤를 경호 차량이 호위하게 했다.

김 씨는 아얄라 알라방 빌리지에 거주하고 있다고 알려

졌다. 아얄라 알라방 빌리지는 필리핀 아얄라 그룹이 미국의 베벌리힐스를 본떠 조성한 곳이다. 210만 평 대지 위에 건설되었고 약 4만여 명이 거주하고 있어 단일 규모로 세계 최대라고 한다. 빌리지 전체를 차로 도는 데는 약 30여 분 정도가 걸리며, 필리핀 유명 인사나 연예인 등이 거주하고 있어 보안이 철저하다. 구체적인 주소를 알지 못하면 사실상 김 씨 검거는 어렵다고 판단하였다.

필리핀 경찰특공대 동원

김 씨의 주거지를 파악하는 데 결정적인 첩보를 입수한 코리안 데스크는 장성수 경감이었다. 장 경감은 경찰이 되기 전부터 나와 인연이 있었고, '김미영 팀장' 조직 총책 검거의 주력이기도 하다. 장 경감은 가정부와 경호원의 대화 내용을 통해 아얄라 알라방 빌리지 내 김 씨의 대략적인 은신처를 특정했고, 그 주변에서 잠복한 끝에 2021년 9월 18일, 주거지에서 나와서 차량 트렁크에 골프백을 싣는 김 씨를 발견했다. 나는 최대한 신속하게 필리핀 경찰과 이민청 직원들을 모아서 피의자를 체포할 수 있게 준비하도록 했다. 장 경감은 김 씨의 복귀 여부를 파악하기 위해 필리핀 경찰 2명에게 잠복근무를 부탁했다. 그리고 다른 코리안 데스크 김병학 경정과 함께 필리핀 경찰청, 이민청과 검거를 위한 대책 회의에 들어갔다. 김 씨 주변에 항상 총기로 무장한 필리핀 경호원 10여 명이 있었기 때문에, 우리 역시 필리핀 경찰특공대를 동원해야만 했다.

다행히도 경찰특공대를 관할하는 부서의 부국장이 장성수 경감과 같이 협력을 해오던 필리핀 경찰청 정보국 출신이라 협조를 얻는 데 용이했다. 부국장의 도움으로 필리핀 경찰특공대 2개 팀을 동원하게 됐다. 필리핀 경찰청 정보국, 특공대 그리고 이민청이 합동으로 검거 작전에 투입됐다. 우리 측은 코리안 데스크 2명과 최초 첩보를 주었던 국정원에서 1명이 참여했다.

우리는 김 씨가 골프를 치고 주거지로 복귀할 때 검거하기로 했다. 김 씨가 주거지에서 나와 차량에 탑승하는 것을 발견한 후, 필리핀 경찰특공대를 동원하고 필리핀 경찰청 정보국, 경찰특공대, 이민청 직원들과 검거 대책 회의를 하고 스탠바이에 들어가기까지 걸린 시간은 불과 몇 시간 남짓이었다. 이렇게 짧은 시간에 이 많은 일들이 무사히 성사될 수 있었던 것은 코리안 데스크들이 평소 필리핀 경찰청 및 이민청과 맺어

합동 검거 작전 회의

놓은 유대 관계 덕분이다.

검거 작전이 시작되었다. 필리핀 경찰특공대가 맨 앞에서 김 씨의 주거지로 들어갔다. 자칫 경호원들이 총기로 저항이라도 하게 된다면 사상자가 발생할 수도 있었다. 특공대원들은 섬광탄과 공포탄을 쏘면서 경호원들의 기선을 제압하여 반격 의지를 초기에 차단했다. 김 씨가 고용한 필리핀 경호원들은 경찰특공대의 기습에 전혀 반항하지 않았다.

예전부터 돌던 이야기 중 필리핀 경호원들은 돈 받는 만큼만 일한다는 이야기가 있었다. 너무나 당연한 이야기겠지만 한국 돈으로 백만 원도 안 되는 돈을 받고 목숨을 걸 경호원들은 없다는 것이다. 이렇게 우호적인(?) 경호원들의 협조 덕분

검거 현장

에 별다른 사고는 발생하지 않았다. 하지만 자칫 누군가 실수로 격발할 경우 대형 총격전이 발생할 가능성이 언제나 있기에 위험한 작전이었다.

그런데 김 씨가 보이지 않았다. 2층으로 올라가보니 김 씨는 미리 준비해놓은 사다리를 이용해서 창밖으로 도주한 뒤였다. 검거에 대한 두려움으로 항상 사다리를 내려놓았던 것이었다. 필리핀 특공대원들과 경찰관들은 주변을 수색하였다. 검거 작전 직후 도주했기 때문에 멀리 도망가지는 못했을 것이라 판단했다. 한 시간 정도 수색 끝에 주변 풀숲에 숨어 있던 김 씨를 발견하여 검거할 수 있었다. 2019년 9월 국정원에서 첩보를 입수하여 2021년 9월에 검거하였으니 만 2년이 소요되었다. 코로나만 아니었다면 더 빨리 검거했을 것이다.

검거된 김 씨는 필리핀 비쿠탄에 있는 이민청 수용소에 수감되었고 현지에서 계류된 사건이 있어 국내 송환은 지연되었다. 김 씨는 범죄로 취득한 재력을 이용해서 비쿠탄 수용소를 자신의 취향에 맞게 꾸며놓기까지 했다고 한다. 그 후 나는 인터폴계를 나왔는데, 필리핀 경찰 주재관과 주필리핀 한국 대사관의 적극적인 노력으로 김 씨는 2023년 8월 30일 05시 국내로 송환되었다. 국정원으로부터 최초 첩보를 받은 지 약 4년 만에 김 씨가 드디어 국내로 송환된 것이다.

요즘에는 오프라인 도박장은 흔하지 않다. 단속 위험성도 높고 수익성도 낮기 때문이다. 인터넷을 활용한 온라인 불법 도박장 운영이 대세이다. 해외에 거점을 두고 있어 단속 위험성도 적고, 인터넷을 기반으로 하기 때문에 많은 사람들이 동시에 이용 가능하여 수익 면에서 오프라인 도박장과 비교할 수 없을 정도로 좋다. 게다가 억지로 강요하는 것도 아니고 스스로 들어와서 돈을 가져다 바치는데 이보다 더 좋은 돈벌이 수단도 흔치 않다. 점점 많은 범죄자들이 불법 온라인 도박장을 개설하고 있다.

강원랜드 슬롯머신 털고 출국까지 7시간

최단 도피의 주인공

2020년 2월 7일, 인천국제공항을 통해 입국한 페루인 2명과 중국인 1명은 강원도 정선군 강원랜드로 향했다. 이들은 미리 준비한 마스터키로 카지노 구석진 곳에 있는 슬롯머신에서 현금 2,400만 원을 절취한 후 불과 일곱 시간도 되지 않아 미리 예매해둔 태국행 비행편으로 다시 해외로 도피했다.

범인들은 인천국제공항을 통해 입국하여 바로 강원랜드로 이동한 후 카지노를 면밀히 살피며 범행을 준비했다. 미리 복사해둔 열쇠를 이용해 슬롯머신의 현금 보관함을 열고 현금 상자를 가방에 담는 데까지 걸린 시간은 단 30초. 신속하게 현금을 챙겨 강원랜드를 빠져나갔고, 강원랜드 측은 범행 발생 후 한 시간 반이 지나서야 현금 상자가 도난당한 사실을 인지했다. 범행 대상이 된 기계가 카지노의 구석진 곳에 있었고, 카지노 내부가 시끄러웠던 탓에 현금 상자 도난 사실을 늦게 발견한 것으로 보였다.

미리 복사해둔 열쇠를 이용해 슬롯머신 내부 현금을 탈취한 것은 전문 털이범의 솜씨였고, 해외 범죄 조직의 한국 진출 가능성에 대한 우려까지 들었다. 사건의 특이성 때문에 대부분의 언론에 보도되었고, 우리도 자연스럽게 이 사건에 대해 알게 되었다.

통상 규정된 절차에 따라 추적을 하게 되면 범인들을 잡기에는 한발 늦을 것이 뻔했기 때문에, 국제공조 요청 문서가 도달하기도 전에 수사관서를 통해 피의자들의 인적 사항을 먼저 파악해 2월 8일 태국 인터폴에 출입국 정보 등 공조 요청을 우선 보냈다.

2월 9일에 수사관서로부터 공조 요청이 접수되었고, 인터폴 적색수배를 신청하는 한편 이들이 필리핀에서 우리나라로 입국했다는 정보를 파악하여 필리핀에도 관련 정보를 요청하였다.

필리핀 인터폴은 이들이 필리핀 내 몇몇 카지노에서 의심스러운 행동을 해서 출입 금지 처분을 받았다는 내용을 알려 왔다. 이들은 여러 나라를 드나들면서 카지노를 대상으로 전문적으로 절도 범행을 하는 범죄자들이었다.

태국에서 카타르로,
카타르에서 스페인으로

태국에서 답변이 오질 않아 여러 루트를 통해 신속한 답변을 촉구했고 2월 12일에야 답변을 받을 수 있었다. 국제공조가 원활한 태국에서 답변이 늦게 온 것은 태국 시스템의 문제였다. 출입국 시스템이 완전하게 전산화가 되지 않아서 모든 정보를 취합하는 데 시간이 많이 소요된 것이다. 태국 측 정보에 따르면 이들이 태국으로 입국하였는데, 이중 페루인 2명은 막 카타르행 비행기를 탑승하여 태국을 이미 떠난 상태였다.

태국에서 답변을 받자마자 모두 고개를 돌려 벽에 걸린 시계를 쳐다보았다. 잘하면 잡을 수도 있겠다는 희망이 들어 신속하게 움직였다. 카타르 인터폴에 바로 전화를 걸어 사정을 설명하고 협조 요청을 구했다. 물론 내가 직접 하지는 않고 인터폴계에서 영어를 가장 잘하는 임 경위가 통화를 했다. 능력이 뛰어난 직원들을 적재적소에 잘 쓰는 것도 리더로서 나의 중요한 몫이다.

조금 후 카타르 인터폴에서 연락이 왔다. 피의자들이 불과 몇 시간 전 스페인행 비행기를 탑승했다는 소식이었다. 시간을 확인해보니 아직 비행 중일 시간이었다. 신속하게 스페인 인터폴에 협조 요청 공문을 작성하면서 다시 전화를 걸어 피의자들이 비행기에서 내릴 때 체포할 수 있도록 요청하였다. 스페인에서 협조하겠다고 답변이 왔다. 혹시나 하는 마음에서 만일의 경우를 대비해 스페인 경찰 주재관에게도 연락을 취했다.

갑작스럽게 들려온 소식에도 경찰 주재관은 바로 마드리드 국제공항으로 직접 가서 공항경찰에 협조를 재차 요청했다. 스페인 공항경찰은 비행기에서 내려 입국 수속을 받던 페루인 피의자 2명을 성공적으로 체포했다. 태국 경찰에서 답변을 받고 스페인에서 피의자들을 체포할 때까지 걸린 시간은 단 네 시간 남짓이었다. 재빠르게 움직인 결과가 좋은 성과로 이어진 것이다. 스페인 법원에서 한국행 송환 결정이 내려지고, 페루인 여성이 먼저 2021년 1월 22일 국내로 송환되고 남성은 2월 26일에 송환되었다.

살아 있는 한,
검거는 시간문제

이들이 중국인과 어떤 관계에 있는지는 명확히 밝혀지지 않았지만, 카지노 절도라는 공통의 목적으로 모였을 가능성을 높게 보고 있다. 홍콩이나 마카오 등의 지역에서 범행을 위해 영입되었을 것으로 추정되는데, 이들이 한국까지 오게 된 배경에는 홍콩, 마카오, 필리핀 등에서 카지노 출입 금지를 당하는 등 범행이 어려워졌기 때문으로 보인다.

2,400만 원 때문에 오랜 기간 고생했던 피의자들에게 대한민국 경찰을 허술하게 본 잘못이라고 말해주고 싶다. 한발 앞서 움직이고 단기간에 집중한 덕분에 좋은 성과를 냈고 한국 경찰의 우수성을 보여준 것 같다. 대한민국 경찰의 능력과 전문성을 보여주는 동시에 국제적인 협력의 중요성을 실감한 사건이었다. 우리는 범인들이 도피하자마자 즉각적으로 추적에 착수했고, 국제 경찰기구와의 긴밀하게 협력하여 범인들의 이동 경로를 파악하고 체포할 수 있었다. 신속한 판단과 능동적인 행동, 그리고 뛰어난 수사 능력을 바탕으로 한 자랑스러운 결과였다.

필리핀, 태국, 스페인 등 여러 국가 인터폴과의 긴밀한 협조로 범죄자들을 신속하게 검거할 수 있었다. 국제 범죄에 대응하기 위해서 국제적인 협력이 필수임을 보여주는 사례다.

남은 중국 국적의 피의자 1명은 캄보디아로 도피한 사실까지 파악했는데, 그 후에 이렇다 할 정보를 얻을 수 없었다. 캄보디아에서 중국으로 밀입국하지 않았을까 추측한다. 인터폴 적색수배가 살아 있는 한, 중국인 피의자가 검거되는 것도 시간문제가 아닐까 생각한다. 그가 살아 있는 한 말이다.

한국 여자는 쉽다던 영국 망나니

괘씸죄 추가

1990년생 '코클리 ○○'라는 영국인 남성이 서울 마포구와 용산구 주요 관광지 길거리에서 여성들을 소형 카메라로 불법 촬영한 일이 일어났다. 용산구에 있는 한 빌라에서 성추행 범죄까지 저질렀는데, 주짓수를 가르쳐주겠다며 피해 여성을 눕힌 후 어깨를 눌러 일어나지 못하게 하여 강제로 키스하는 등 성추행을 하였다. 이 장면을 미리 숨겨둔 카메라를 이용해 촬영하는 추잡함까지 보여주었다.

코클리는 이미 태국, 필리핀, 홍콩, 대만 등 아시아 지역에서 이와 비슷한 방법으로 많은 여성들을 성희롱 또는 성추행하고 이를 동영상으로 촬영하였다. 여기서 그치지 않고 이를 자신이 운영하는 인터넷 사이트에서 돈을 받고 팔았다. '한국 여자는 쉽다'라는 의미의 'koreangirleasy'라는 사이트를 운영하며 성추행 동영상을 올려 판매한 것이다.

이 사실이 언론을 통해 알려지면서 많은 국민들이 분노했다. 나 역시도 이 녀석을 잡아서 혼을 내주고 싶었다. '돼먹지 못한 젊은 놈 하나가 우리 국민을 이렇게 희롱하다니.' 경찰은 추가 피해를 막고자 사이트를 전면 폐쇄했고, 코클리 명의로 된 SNS 계정, 클라우드 서비스 등에 저장된 국내외 약 198GB의 불법 촬영물을 삭제했다. 그가 저지른 성범죄는 형량이 높게 나오지 않을 것이지만, '괘씸죄'까지 추가해 나는 이 사건을 중대 범죄로 취급했다. 회의 시간에 '이런 놈은 끝까지 추적해서 꼭 감방에 넣어야 한다' 하며 결의를 다졌다.

인터폴 적색수배라는
낚싯대

코클리가 국내로 입국할 때 촬영된 사진을 보면 그가 인생을 얼마나 엉망으로 살았는지 짐작할 수 있었다. 그는 1990년생으로 당시 20대였는데 겉보기에는 40대 이상으로 보였다. 이슈가 되고 얼마 지나지 않아 우리에게 국제공조 요청이 접수되었다. 국제공조 요청이 접수되었다는 것은 범죄자가 이미 외국으로 도망갔다는 의미이기도 하다. 그는 태국으로 출국한 후였다. 그가 외국인이어서 여권을 무효화하는 조치는 할 수 없었고 가장 중요한 수단은 역시 인터폴 적색수배를 받는 것이었다. 하지만 인터폴 적색수배가 나왔더라 하더라도 코클리가 고국인 영국으로 돌아가버리게 되면 검거가 어려워진다. 국가는 자기 국민을 보호해야 할 의무가 있어 통상 자국민은 다른 나라로 송환해주지 않는다. 살인이나 테러같이 중대한 범죄의 경우 예외적으로 국가 간 관계를 고려하여 송환해주기도 한다. 자국민임에도 송환해준 사례가 일명 '이태원 살인 사건'의 범인 존 패터슨의 경우이다. 자국민인 관계로 송환해주지 않은 경우가 '웰컴 투 비디오' 운영자인 손정우 케이스이다.

우리는 곧 코클리가 어디로 움직였는지 추적하기 시작했다. 출국 국가인 태국에서 쉽게 이동할 수 있는 주변 국가들에도 공조 요청을 했다. 또한 영국으로 돌아갈 가능성이 있으니 영국에도 공조 요청을 했다. 출입국 기록 제공과 코클리가 입국했을 경우 검거하여 한국으로 송환해달라는 내용이었다. 물론 영국의 경우 송환이 어렵겠지만 이미 인터폴 적색수배가 되었기 때문에 그가 국가를 이동할 경우 입국 과정에서 검거될 가능성이 매우 높았다. 나는 어떤 국가에서 인터폴 적색수배를 근거로 검거가 쉬운지 어려운지 잘 알고 있다. 그래서 코클리가 인터폴 수배자 검거가 수월한 국가로 이동하기만을 바랐다.

코클리는 외국인이었기 때문에 국내에서 우리가 입수할 수 있는 첩보가 거의 없었다. 이럴 때는 강태공이 낚시를 하듯이 인터폴 적색수배라는 낚싯대를 꽂아놓고 기다리면 된다. 이리저리 잘 돌아다니는 망나니이기에 잡히는 것은 시간문제였다. 평소처럼 국제공조 요청이 들어온 다른 일들을 처리하던 중 덴마크 인터폴 부서에서 피의자가 검거되었다는 소식을 알려왔다. '드디어 물었구나, 이제 꺼내기만 하면 되네!'

코클리는 2019년 11월 10일 덴마크 코펜하겐 공항으로 입국하던 중 인터폴 적색수배 사실이 밝혀지면서 덴마크 공항경찰에 체포되었다. 덴마크에서는 절차 진행을 위해 신속하게 관련 서류를 송부해달라고 했고, 우리도 유관 부서와 협의하여 국내 송환을 추진하였다. 재미있는 해프닝도 있었다. 덴마크 인터폴에서 우리에게 코클리 체포 사실을 통보한 지 2주 뒤에 영국 인터폴에서 '코클리가 덴마크에서 체포되었다'며 우리에게 재차 통보가 온 것이었다. 자국민을 챙기는 건지 인터폴 일을 도와준 건지는 잘 모르겠다.

경찰 대 경찰로

2019년 12월 덴마크 법원은 피의자를 한국으로 인도할 것을 결정하였다. 피의자는 이에 불복하여 항소하였으나 받아들여지지 않았고 한국으로의 인도가 최종 결정되었다. 덴마크 코펜하겐에서 코클리를 인수받아야 했지만, 덴마크에서 한국으로 바로 오는 직항 항공편이 없었다. 그래서 우리 호송팀은 덴마크 코펜하겐 공항경찰서에서 코클리를 인수받은 후 네덜란드를 경유하여 귀국하는 일정을 잡았다. 통상 경유지에서 범죄자의 도주나 자해 행위 등 변수가 발생할 가능성이 있으므로, 경유지에서의 안전을 확보하기 위해 사전에 네덜란드 경찰에 협조를 요청했다.

세계 어느 나라든지 경찰끼리는 통하는 부분이 많다. 우리는 외국 경찰을 만나면 항상 "경찰 대 경찰Police to Police"이라는 이야기를 많이 한다. 국적과 인종에 상관없이 경찰은 공통된 목표를 가지고 같은 일을 하는 사람들이니, 서로 툭 까놓고 얘기하거나 서로 돕자는 뜻이다. 호송 당일에 네덜란드 경찰의 적극적인 협조 덕분에 호송팀은 안전하게 네덜란드를 경유하여 2020년 7월 31일 코클리를 국내 송환할 수 있었다.

이후 국내 수사관서에서 코클리를 수사하고 곧 재판에 넘겼다. 1심 법원은 "디지털 매체를 이용한 범죄의 특성상 유포된 영상물로 인한 피해는 온전히 복원되지 못한 채 계속될 여지가 크다"며 징역 1년 2개월을 선고했다. 이에 코클리는 "덴마크 구치소에 구금되었던 구금 기간(263일)을 형기에 산입해야 한다"라고 하며 항소했으나 받아들여지지 않았다. 2021년 7월 4일, 대법원은 징역 1년 2개월을 선고한 원심을 확정했다. 비로소 국내 수사팀과 외국 경찰들이 공조하여 성희롱 및 성추행을 일삼던 범죄자가 처벌되었다. 우리가 했던 일은 국내 수사팀이나 현지에서 도움을 주었던 외국 경찰관들이 했던 일에 비교하면 작은 부분이었지만, 공조에서는 작은 '조율'의 역할이 성과에 큰 영향을 끼친다.

사람이 본성을 쉽사리 바꾸기는 어렵다. 코클리 또한 예외는 아닐 것이다. 하지만 덴마크와 한국에서 약 2년간 감금 생활을 했기 때문에 지난 과거를 반성하고 이제는 정신 차리고 올바른 삶을 살아가기를 바란다. 코클리에게 처음이자 마지막으로 하고 싶은 말이 있다. "코클리! 한국 여자가 쉬워 보였니? 한국 여자도 한국 경찰도 쉽지 않단다."

태국으로 도망간 아동 성착취물 사이트 운영자

범죄수익 환수를 위한
공조 요청

아동 성착취물 사이트 운영자 강 씨에 대한 국제공조 요청이 접수됐다. 이번 공조 요청은 대상자 검거를 넘어 30억에 달하는 범죄수익 환수를 목적으로 한 것이었다. 단순한 아동 성착취물 유포를 넘어, 불법 도박과 성매매 알선까지 포함하는 혐의였다.

　　강 씨는 태국으로 출국한 후 태국에 머물면서 아동 성착취물 등을 온라인으로 유포하였고, 또한 사이트 내에 불법 도박이나 성매매 알선 사이트 등을 광고해 돈도 받았다. 사이트 회원들에게 동영상 시청을 대가로 총 30억 원 가량의 불법 수익도 올렸다.

강 씨는 인터넷 사이트를 통해 약 3천여 건의 음란물을 유통시켰는데 이중 아동 성착취물도 있었다. 그의 목적은 음란물 유통과 광고를 통해 돈을 버는 것이었다.

개수의 많고 적음을 떠나 아동 성착취물 유통은 중한 범죄이다. 아동 성착취물은 아동 성적 학대의 결과물로, 이를 제작하거나 유포하는 행위는 아동에 대한 또 다른 형태의 학대로 간주되고 있다. 인터폴 사무총국에서도 아동 성착취물 단속을 강화하는 추세이며 아동 성착취물의 유해성에 대한 인식을 높이고, 아동 보호를 위한 국제적인 협력을 강화하기 위해 노력하고 있다.

아동 성착취물은 자체가 아동의 신체적, 정신적 건강을 해치며 그 피해는 종종 평생 동안 지속될 수도 있기 때문에 대부분의 선진국에서는 미성년자 성착취물을 제작하거나 유포하는 행위를 매우 엄격하게 처벌하고 있다. 다수의 미성년자 성착취물은 가난한 나라의 아동들을 대상으로 제작되고 있다. 돈이 필요한 보호자들에게 돈을 주고 아이들을 착취하는 방식이다. 주로 선진 국가들이 아동을 보호하고, 아동에 대한 범죄를 예방하기 위한 노력의 일환으로 아동 성착취물 단속을 위한 자금을 지원하고 있다.

강 씨는 쉽게 잡히지 않으려고 특이한 방식으로 돈을 받았다. 공범이 돈을 받은 뒤 이 돈을 가상화폐 지갑으로 보내면 강 씨가 이를 다시 현금화하는 방식이었다. 강 씨가 이용한 가상화폐 '○○코인'은 태국 가상 통화 거래소에 개설되었기 때문에, 범죄수익 추적을 위해 태국 경찰에 관련 정보를 구하는 국제공조를 요청했다. 보다 확실하게 정보를 얻기 위해 태국 경찰 주재관에게도 지시를 내렸다. 경찰 주재관은 수사관서에서 요청한 내용을 해당 코인 회사를 통해 입수하였는데, 강 씨의 태국 현지 통장에는 하루에 많게는 2,600만 바트, 우리 돈 9억 3천여만 원에 달하는 막대한 규모의 돈이 입금되기도 했다.

강 씨에 대한 추가 첩보도 확보하였다. 첩보는 '강 씨는 주로 방콕과 푸껫에서 생활하면서 태국 접경 국가를 드나들며 비자를 갱신하고 있다'는 내용이었다. 강 씨가 주로 머물고 있는 거주지 정보도 파악했다.

국경에서 적발되다

강 씨는 태국에서 미얀마로 가려다가 인터폴 적색수배를 이유로 입국이 거부되었다. 강 씨가 태국 체류 비자를 갱신하기 위해서 다른 나라로 가려던 것으로 볼 수 있었다. 하지만 입국이 거부된 강 씨는 종적을 감추고 만다. 강 씨를 놓친 것은 아쉬웠지만 강 씨가 불법체류로 검거될 날이 멀지 않았다는 의미이기도 했다. 우리는 다시 한번 강 씨의 사진과 신원을 확인할수 있는 지문 정보를 태국 측에 전달하면서 검거를 요청했다.

그런 가운데 다른 수사관서에서 불법 사이버 도박 운영 혐의로 강 씨에 대한 국제공조 요청이 재차 들어왔다. 해당 수사관서에 강 씨가 이미 아동 성착취물 유포 혐의로 인터폴 적색수배가 내려진 상태임을 알려주었다. 이렇게 한 명의 범죄자에 여러 수사관서에서 인터폴 적색수배를 요청하는 경우가 간혹 발생한다. 하지만 한 사람에게 인터폴 적색수배서를 여러 장 발행하는 것은 별다른 의미가 없다. 효과 측면에서 하나의 인터폴 적색수배서로도 충분하기 때문이다. 이런 경우에는 기존에 발행된 인터폴 적색수배서에 새로운 죄명을 추가하는 방식을 사용한다. 이번 건에서도 기존의 인터폴 적색수배서에 불법 사이버 도박 운영 혐의를 추가했다.

태국 경찰 주재관은 끈질긴 추적 끝에 강 씨에 대한 결정적인 소재 첩보를 확보했다. 이 첩보를 바탕으로 태국 푸껫 경찰 이민국에 강 씨 검거를 요청했다. 강 씨를 추적하던 푸껫 이민국은 2020년 12월 29일 14시경 강 씨의 은신처를 급습했고, 체포에 성공했다. 체포 당시 강 씨는 다른 한국인 3명과 함께 온라인 도박을 운영하고 있었다. 푸껫 이민국은 현장에 있던 컴퓨터와 모니터 10대 등을 도박에 사용된 물품들을 압수했다.

압수물은 중요 증거자료로 평가되어 태국에서 우리 수사관서로 넘겨졌다. 이를 통해 강 씨의 범죄 사실을 명확하게 입증하고 수사를 진행할 수 있도록 했다. 강 씨와 같이 있던 한국인 3명은 인터폴 적색수배 등이 확인되지 않아 검거하지는 못했지만 푸껫 이민국은 이 3명을 체류 목적 외 활동한 혐의로 체류 자격을 취소하고 추방하기로 했다.

강 씨는 불법체류 및 불법 환전소 운영 혐의로 체포되었다. 태국에서 재판 등 법적 절차를 거친 후 2021년 1월 6일 태국에서 한국으로 강제 추방되었다. 한국으로 강제 추방될 당시 강 씨에 대한 수배는 다양한 범죄 행위로 총 5건에 달했다. 음란물 유포, 카메라 이용 촬영, 불법 온라인 도박 운영 등의 혐의였다.

국내 최대 규모
성매매 알선 사이트, 밤의 전쟁

성매매, 고착화된 범죄

성의식과 성도덕에 해악을 가져오는 성매매 범죄. 우리나라의 성매매는 사창가가 모여 있는 예전 집창촌 방식에서 최근에는 오피스텔 성매매 등 성매매 범죄가 음성화되고 다양화되고 있다. 이러한 변화에 따라 성매매 광고가 점점 성행하게되었다. 자연스럽게 광고도 전단을 뿌리는 아날로그 방식보다온라인 홍보가 활용되고 있다. 이러한 성매매 광고가 사회적이슈로 떠오른 적이 있었는데, 바로 '밤의 전쟁'이라는 성매매알선 사이트였다.

밤의 전쟁 사이트를 운영한 자는 박 모 씨로, 2014년부터 2021년까지 밤의 전쟁을 포함한 '아찔한 달리기' 등 성매매 알선 사이트 4개를 운영하며 이 사이트에서 7천여 개의 성

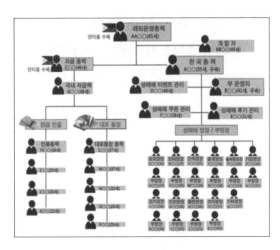

밤의 전쟁 조직도(대전경찰청)

매매 광고를 해주고 성매매업소로부터 챙긴 돈이 210억 원에
이르렀다. 특히 밤의 전쟁은 7,000여 개의 성매매업소와 성
매수 회원 70만 명을 보유한 국내 최대 규모 성매매 알선 사
이트로 유명해졌다. 많은 사람들이 성매매업소가 7,000개나
된다는 사실에 우선 놀랐다.

　　밤의 전쟁은 매우 조직적이고 체계적으로 운영되었다.
한국 총책, 자금 총책, 이벤트 관리자, 쿠폰 관리자, 후기 관리
자, 방장 등의 운영자를 두었고, 성매매업소를 그 유형에 따라
서 오피스텔, 안마, 키스방 등 9개로 나누어 운영했다. 지역별
로도 ①강남, ②비강남, ③경기남부, ④경기북부, ⑤인천, ⑥충

청·강원, ⑦경상·전라·제주 등 7개로 나누었다. 사이트 내 광고의 크기와 위치에 따라 30만~100만 원의 광고비를 책정하고 성매매 여성의 사진, 가격, 업소 연락처 등을 올려주었다.

　이 사이트의 회원들은 성 매수 후기를 작성해서 사이트에 올렸는데, 후기를 잘 작성하는 회원은 '방장'이 되었다. 방장이 안 좋은 후기를 남기면 해당 업소의 매출은 급감했다고 한다. 이렇게 방장은 나름의 영향력을 가지고 있었기 때문에 방장이 되는 것은 일종의 권한을 갖는 것이었다. 따라서 성매매업소는 방장을 잘 접대했다.

추적과 검거를 위한
TF 구성

박 씨와 공범 이 씨가 필리핀에 도피 중인 것으로 확인되어 신속하게 이들에 대한 인터폴 적색수배를 받았다. 이들의 성매매 광고가 국민적 관심을 받는 사회적 문제가 되었기 때문에 검거를 위해 경찰청 내에서 사이버 주관으로 검거 TF팀이 구성되었다. 나도 TF팀 일원으로 매주 대책 회의에 참석하였다. 매주 어떠한 진척이라도 보여주어야 했기에 인터폴계 자체

TF팀도 구성하였다. 여기서는 내가 TF 팀장이 되었고, 필리핀 담당과 필리핀 코리안 데스크 3명이 팀원이 되었다.

한동안 매일 화상회의를 진행했다. TF 회의는 업무 담당자를 압박하여 성과를 내는 용도로도 활용된다. 매일 회의하느라 번거롭게 한 것 같아 개인적으로 미안했지만 사건에 진척을 보이기 위해서는 불가피한 결정이었다. 코리안 데스크로부터 업무 보고를 받던 중, 앙헬레스 코리안 데스크가 보고했다. "계장님, 밤전(밤의 전쟁) 공범 이 씨에 대한 소재 첩보를 확보했습니다. 맞는지 한번 확인해보겠습니다." 이제 좀 실마리가 풀릴 것 같은 기대감이 들었다. "공범 이 씨를 검거하면 주범 박 씨도 검거할 가능성이 높으니 신속하게 가서 확인 좀 해줘." 담당 코리안 데스크는 현지 경찰과 함께 은신처를 확인했으나 아쉽게도 이 씨를 발견할 수 없었다. 은신처에는 필리핀 가정부만 있었고 이 씨는 이미 다른 곳으로 옮긴 후였다.

별다른 추적 정보를 얻지 못하던 가운데, 박 씨에 대한 소재 첩보를 주겠다는 사람이 나타났다. 이 사람은 박 씨를 잘 알고 있는 사람으로 일정한 부탁을 들어주면 첩보를 주겠다고 했다. 부탁 내용을 공개하면 누군지 특정되어 책에서는 비공개할 수밖에 없지만, 그 부탁을 검토해보니 법적으로나 현실적으로 가능한 부분이라 들어주겠다고 회신했다. 그런데 그 사람이 중간부터 계속 말을 바꾸더니 나중에는 연락이 두절되고 말았다. 설상가상으로 전 세계적으로 유행한 코로나19로 필리핀 전역에 락 다운이 걸렸고, 코리안 데스크들도 이동 제한이 걸려 정상적인 추적 활동을 할 수 없었다. 사실상 도피사범 검거 업무가 마비된 셈이었다.

첩보 제공자 포섭

코로나19에서 조금씩 회복될 무렵, 코리안 데스크는 이전에 첩보를 주겠다던 사람과 재접촉하여 첩보 제공자가 원하는 것을 들어주기로 하고 박 씨의 은신처에 대한 첩보를 받게 됐다. 이를 통해 박 씨의 은신처를 파악해 2021년 9월 22일, 필리핀 마닐라 타기그에서 필리핀 이민청 수배자추적팀과 공조하여 드디어 박 씨를 검거했다. 검거 직후 검거 장면을 촬영한 영상을 즉시 보고받았는데, 박 씨는 내가 상상했던 모습과는 전혀 달랐다. 박 씨가 어눌하고 순박해 보였기에 나는 코리안 데스크에게 "이 사람 정말 맞아?"라고 질문하기도 했다.

조금 이상했던 것은 박 씨의 은신처가 고급 콘도나 호텔

'밤의 전쟁' 홈페이지

이 아니라는 점이었다. 일반적으로 범죄로 돈을 많이 얻게 된 범죄자들은 경제적 여유가 있기 때문에 좋은 곳에서 은신하기 마련이다. 범죄를 한 이유도 돈을 얻고, 그 돈을 마음대로 쓰려고 하는 것이니 말이다. 열악한 곳에 은신한 범죄자들은 크게 두 가지 유형이 있는데, 첫째는 돈을 탕진한 경우, 둘째는 잡히지 않기 위해 지능적으로 연기하는 경우이다. 경험상 대부분 첫 번째 유형이 많았고, 박 씨도 그래 보였다. 범죄자들이 돈을 탕진하는 유형도 몇 가지로 정형화되어 있는데 도박, 유흥비, 무리한 투자 실패와 사기를 당하는 경우도 있다. 유흥비로 탕진하는 데는 한계가 있고, 가장 흔한 유형은 도박이다.

박 씨를 어렵게 검거는 했지만 코로나19와 현지에서 계류된 사건 수사 등의 문제로 송환은 지연되었고, 우여곡절 끝에 박 씨는 검거된 지 10개월이 더 지난 2022년 7월 22일, 국내에서 파견된 호송팀에 의해 국내 송환되었다. 필리핀으로 도주한 지 6년 만이었다.

이때 첫 호송 임무를 맡아 호송관으로 갔던 인터폴계 직원이 내게 언론에 나온 자신의 사진을 보내며 자랑을 했다. "계장님! 제 사진이 잘 나왔다고 경찰 동기들이 보내줬어요!" 첫 송환 업무를 성공적으로 마치고, 언론 기사까지 나오고, 이 직원이 얼마나 신나고 흥분했겠는가? 하지만 나는 공감도 못 해주고 '마스크를 써서 잘 나온 게 아닐까?'라고 무심코 농담을 했다. 고생이 많았고 아주 자랑스럽다는 칭찬을 제대로 못 해주었던 부분에 대해 지금에서야 새삼 반성이 된다.

국내 수사팀은 송환된 박 씨에 대한 수사를 진행했고, 2022년 11월 24일 법원은 박 씨에게 징역 3년 및 추징금 50억 8천여만 원을 선고했다. 수년간 도피 생활을 하며 공범이 잡힌 뒤에도 사이트를 계속 운영하고 있었는데, 형편없이 적은 징역 기간에 화가 나기도 하지만 나의 업무는 추적과 검거이기 때문에 안타까운 마음을 삭이고 검거에 최선을 다할 뿐이다. 경찰은 박 씨가 운영하던 사이트 4개를 모두 폐쇄하고 관계자 19명을 검거했고, 이 사이트에 게재된 789개 업소를 단속해 업주, 종업원, 성 매수자 등 2,522명도 검거했다.

파타야 살인 사건

불법 도박의 굴레 속에서
희생된 청년

해외에 서버를 두고 불법 사이버 도박장을 운영하면 돈을 쉽게 벌 수 있다. 많은 범죄자들이 모이는 이유이다. 불법 사이버 도박의 핵심은 도박 프로그램을 만드는 것이다. 이를 위해 프로그래머를 구하는 게 중요하다. 한국에서 군 제대 후 작은 IT 회사에 다니고 있던 피해자 임 씨는 큰돈을 벌 수 있다는 김형진의 꾐에 빠져 태국으로 건너갔다. 해외 근무도 하고 돈도 벌 수 있는 좋은 기회라고 생각했을 것이다. 그러나 태국으로 건너간 이후, 협박과 폭행으로 점철된 지옥 같은 나날이 시작됐다.

김형진 일당은 도박꾼들이 편하게 도박할 수 있는 사이

트를 구축하고 싶어 했다. 피해자가 프로그래밍 공부를 했다고는 하지만, 나이와 경력을 볼 때 그들이 원하는 수준의 사이트를 만드는 것은 애초부터 불가능했을 것으로 판단된다. 피의자들은 원하는 만큼 결과가 나오지 않자 임 씨를 폭행하고 협박하기 시작했고 폭행은 점차 상습적으로 이루어졌다. 이들이 피해자에게 마약을 투약한 상태로 폭행했다는 진술도 있었는데, 그러한 폭행은 일반적인 수준을 넘어 중상해를 가할 정도였다.

괴롭힘을 참다못한 피해자는 피의자들 몰래 폭행 현장을 녹음한 다음 자신의 SNS에 게시했다. 이를 알게 된 피의자들은 자신들의 도박 사이트가 발각될 수도 있다는 사실에 격분하여 피해자를 구타했다.

피해자는 두개골 함몰과 갈비뼈 골절, 치아가 다수 탈구되는 등의 상해를 입고 2015년 11월 21일 새벽에 파타야 소재 고급 풀 빌라에서 사망하게 되었다. 그때 피해자의 나이는 불과 25세였다.

SBS 〈그것이 알고 싶다〉에 '파타야 살인 사건'이라는 제목으로 방송된 이 사건은 내가 발령받기 약 1년 전쯤 태국에서 발생했다. 피해자를 총이나 칼이 아니라 폭행으로 사망하게 한 끔찍한 사건이었다. 인터폴계장으로 발령받은 후 업무를 파악하면서 주요 사건들을 챙기고 정리하여 우선순위를 추렸는데, 사망 당시 피해자를 촬영한 사진이 너무나 끔찍해서 그 모습이 기억에서 떠나지 않는다. 아직도 파타야 살인 사건이라는 단어를 들으면 피해자의 당시 모습이 제일 먼저 떠오른다. 경찰이 되어 처음 보았던 사망 장면이 산에서 목을 매어 자살한 중년 남성의 모습이었는데, 이때의 기억처럼 잊고 싶은 기억이 내 몸 어느 한 편에 깊숙이 자리 잡고 있어 잠시 안 보여도 사라지지는 않는 것 같다.

서로 다른 진술,
뒤바뀐 책임

피의자 김형진은 한국에서 불법 사이버 도박 관련 일을 하다가 수배되어 태국으로 도피한 뒤 자신보다 한 살 많은 윤 씨와 함께 또 다시 범죄를 도모했다. 김형진과 윤 씨의 관계는 좀 특이한데, 김형진의 나이가 더 어리지만 실질적인 서열은 위로 보였다.

김형진은 경찰에서 관리하는 폭력조직의 조직원이었고

윤 씨는 온몸에 문신이 있는 건달이지만 정식 조직원은 아니었다. 이 두 사람 외에도 K씨가 있었는데 K씨는 김형진보다 한 살이 어렸다. 사건이 발생하자 그는 자신이 '윤 씨에게 돈을 받으러 왔다가 엮였다'라고 항변했다.

피해자가 사망한 당일 오전 김형진은 주태국 대사관 경찰 주재관에게 신고 전화를 했다. "아는 선배(윤 씨)가 후배를 폭행하여 죽었는데 시체를 유기하려 한다"라는 내용이었다. 자기가 주범이 아님을 강조하며 살인의 책임을 윤 씨에게 전가하기 위한 것으로 보였다.

신고 내용을 녹음한 파일을 들어보면 김형진이 피해자의 이름을 언급하는데, 피해자가 임 씨인지 김 씨인지조차 정확히 잘 모르는 느낌이었다. 나중에 경찰 주재관이 태국 경찰로부터 피해자의 주민등록증을 넘겨받은 후 피해자가 임 씨임을 확인하게 된다.

그 무렵 윤 씨는 평소 알던 경기북부경찰청 경찰서 형사에게 상담을 했다. 그 형사가 경찰청 인터폴계에 관련 내용을 알려주면서 현지에서 자수하는 방법 등을 문의하는 일도 있었다. 이렇게 김형진와 윤 씨는 각각 자신의 살 길을 모색하며 서로에게 책임을 전가하기 시작했다. 경찰 주재관의 설득으로 윤 씨는 태국 경찰에 자수하고, 처음에는 자수할 듯이 나섰던 김형진은 K씨와 함께 베트남으로 도주를 선택했다. K씨는 피해자의 사망 현장에는 함께 있지 않았으나, 피해자가 사망했다는 것을 알게 된 후 두려움에 김형진을 따라서 베트남으로 도피한 것이었다. 사망 사건이 발생한 당일 오후에 베트남으로 도망쳤으니, 얼마나 마음이 급했는지를 짐작할 수 있다.

경찰청은 태국 주재관으로부터 보고를 받은 후 이 사건 수사를 담당할 관서로 서울경찰청 국제범죄수사대를 지정하고 베트남으로 도주한 2명에 대해 인터폴 수배를 신청했다. 그리고 경찰청 인터폴과 서울경찰청 국제범죄수사대로 구성된 공동조사팀을 태국으로 파견했다. 공동조사팀은 태국에서 자수한 윤 씨의 진술을 청취하는 한편 태국 경찰의 협조를 통해 범행 현장을 확인하고 부검 결과 등 수사 자료를 입수하였다.

베트남으로 도피했던 K씨는 얼마 되지 않아 검거되어 국내로 송환되었다. K씨의 핸드폰을 증거 분석한 결과 김형진은 베트남 남부 판티엣에 체류 중인 것으로 추정되었다. 한편 윤 씨는 태국 경찰의 마약 검사에서 양성이 나왔고, 태국 후어야이경찰서는 윤 씨를 살인 및 마약 관련 혐의에 대해 기소 의

견으로 검찰에 송치하였는데 윤 씨는 한국으로 송환을 거부하고 현지에서 처벌을 받겠다고 주장했다. 이때까지 윤 씨는 태국 법원에서 중형을 선고할 줄 몰랐을 것이다. 물론 윤 씨가 한국으로 돌아가겠다고 해서 태국 정부가 쉽사리 보내주지도 않았을 것이다. 태국에서 발생한 살인 사건이고, 태국에 우선 관할권이 있기 때문이다.

시민 제보 요청

베트남에서는 한국인 관련 사건이 빈번하게 발생하는 데다 많은 한국 범죄자들이 베트남으로 도망을 가기 때문에 베트남 공안과 공조할 일이 많다. 베트남 공안들과 회의나 식사 등 마주칠 일이 있을 때마다 김형진의 이야기를 꺼내며 검거를 요청했다. 내가 이야기를 꺼내기도 전에 먼저 베트남 공안이 파타야 살인 사건을 언급하기도 했으니, 이렇게 베트남 공안들만 만나면 하는 이야기가 파타야 사건이었다.

수사팀과 인터폴 국제공조팀에서 지속적으로 김형진의 정보 파악을 위해 노력했으나 이렇다 싶은 정보는 없었다. 의미 있는 추적 단서를 확보하는 데에 어려움을 겪고 있을 즈음

반가운 소식이 들렸다. SBS 〈그것이 알고 싶다〉에 이 사건이 방영된다는 것이었다. 사건이 대중들에게 알려지면 관련 제보도 들어올 게 분명했다.

2017년 7월 22일, 파타야 사건이 방송되며 김형진에 관한 시민 제보도 요청되었다. 나도 담당자로서 방송을 시청했는데, 이 사건을 잘 알고 있다고 생각했음에도 심하게 폭행당한 피해자가 엘리베이터 안에서 주눅 들어 있는 모습을 보자 화가 울컥 치밀어 올랐다.

시청자들의 분노도 엄청났다. 동료 경찰도 방송을 보고 너무 속이 상해서 울었다고도 했다. 방송이 이슈가 되면서 경찰에서도 이 사건에 더욱 집중할 수 있는 명분과 계기가 마련되었다. 방송 후 여러 제보도 접수되었는데, 그중에 세 가지의 신빙성 있는 제보가 있었다.

① 김형진이 한인 타운에서 지인이 운영하는 '○○○술집'에 자주 나타나며 자신이 마약에 취해 사람을 죽였다고 말하고 다닌다.

② 호치민 소재 호텔 카지노에 자주 출입하여 도박을 하기도 하고 카지노에서 꽁지(불법 사채업)를 하는 사람들과 자주

어울린다.

③ 현지에서는 '박성진'이라는 이름을 사용하며 호치민 호텔 카지노에서 에이전트로 활동하고, 한국인 밀집 지역 푸미흥에 거주하며 건달풍 후배 서너 명과 동행한다.

방영 덕에 제보를 입수한 것은 큰 수확이었다. 이제는 입수된 제보를 확인하는 작업을 거쳐야 했다. 내용을 확인할 방법은 몇 가지가 있지만 수사관들이 제보를 직접 가지고 베트남 공안부에 요청하기로 했다. 인터폴 전산망을 통해 첩보 내용을 전달해 평소 협력하던 베트남 공안들에게 연락할 수도 있었지만 얼굴을 보면서 요청하는 것이 상대방이 받아들이는 심각성의 정도가 다를 것이었다. 경찰청 인터폴과 서울청 국제범죄수사대 수사관들로 구성된 조사팀을 파견하여 베트남 공안에게 정보를 제공하면서 검거를 요청하였다. 특히 김형진이 호텔 카지노에 자주 드나든다는 첩보가 신빙성이 있어 보였다.

고맙게도 베트남 공안부에서 약 100명에 이르는 사복공안들을 지원해주었다. 우리로 말하자면 광역수사대 형사들이었다. 며칠 동안 공안들이 제보된 카지노뿐 아니라 인근 카지노, ○○○술집 일대를 샅샅이 뒤졌지만 김형진을 발견할 수 없었다. 이미 방송을 접하고는 검거를 우려하여 다른 곳으로 피신했을 가능성이 높았다. 공동조사팀은 무한정 있을 수 없었기 때문에 검거에 대한 아쉬움을 뒤로하고 귀국했다.

한편 김형진은 이 시기에 중국 번호로 한국에 있는 지인들에게 전화를 걸었는데, 휴대폰에 중국 유심을 장착한 후 전화를 하여 수사에 혼선을 주려고 한 것으로 보였다.

결정적인 첩보,
극적인 검거

우리의 기대와는 다르게 소득 없는 시간들이 한 달, 두 달 흘러갔다. 2018년 3월 13일, 이 사건 수사를 담당하던 서울청 국제범죄수사대 정백근 팀장이 김형진의 소재에 대한 결정적인 첩보를 입수했다.

이 첩보는 '뭐가 그랬더더라' 하는 식의 일반적인 첩보가 아니었고 최근 김형진의 모습이 찍힌 사진과 함께 거주지를 특정할 수 있는 정보가 있었다. 도피 중인 김형진이 거처를 옮길 수도 있었기 때문에 우리 수사관들을 보낼 시간적 여유가 없었다. 바로 베트남 공안들에게 연락해서 김형진의 소재지로 추정되는 곳을 확인해달라고 했다.

이미 대규모로 베트남 공안들이 동원되었으나 검거에 실패한 적이 있기 때문에 이번에는 뜻대로 움직여주지 않을 수도 있는 상황이었다. 김형진 추정 소재지 관할 공안들에게 확인을 요청하는 방법도 있지만, 그가 지방 공안과 결탁했을 가능성도 있었기 때문에 호치민 경찰 주재관에게도 도움을 요청했다. 한국에 있는 우리보다 경찰 주재관이 움직이면 더 효과적일 수 있다는 판단에서였다. 이미 퇴근해서 집으로 향하던 경찰 주재관은 곧장 차를 돌려 평소 믿고 지내던 베트남 수사팀을 찾아가 도움을 요청했다.

베트남 수사팀이 있는 곳에서 김형진의 추정 거주지까지는 차량으로 여덟 시간 거리였다. 매우 어려운 상황이었지만 베트남 수사팀이 확인해주기로 했다. 우리가 요청했던 시간에 베트남은 저녁이었기에 공안들은 밤을 새워 운전해야 했다. 결과를 알려면 다음 날까지 기다려야 했다.

다음 날, 베트남 소식을 기다리며 초조하게 출근하자마자 베트남 담당이 풀이 죽은 채로 나에게 왔다. 나는 그를 보자마자 '아, 실패했구나'라는 생각이 들었다.

"계장님, 형진이를 발견하지 못했다고 합니다."

수시로 김형진 얘기를 하고 하도 사진을 많이 보고 계속 생각을 하다 보니 베트남 담당과 나는 김형진을 '형진이'라고 불렀다.

"아쉽네. 이왕 거기까지 갔으니까 철수하기 전에 주변을 한 번만 더 수색해달라고 하자."

두 시간쯤 흘렀을까? 베트남 담당이 소리치면서 달려왔다.

"계장님, 형진이 잡았습니다!"

우리 둘은 누가 말할 것도 없이 서로 껴안았다. 베트남 담당은 100kg가 넘는 거구의 남성으로 맨정신에 껴안고 싶다고 생각한 적이 한 번도 없었다. 내 손으로 직접 잡지는 못했지만 오랫동안 쫓던 범인을 잡는 기분이 이런 느낌이었다.

이 사건을 보면서 사실은 죄책감을 느끼고 있었다. 경찰관이라서 드는 것이라기보다는 그저 어른으로서의 감정이었다. 25세의 젊은 사람이 허망하게 생을 마감했다는 데서 드는, '상식적인 어른으로서 드는 죄책감'이 더 적절한 표현인 것 같다. 범인을 검거하면서 이런 미안함이 조금이나마 해소되는 기분이었다.

경찰청은 2018년 4월 4일 베트남에 호송관을 파견했다.

인터폴 베트남 담당과 서울청 국제범죄수사대 수사관 등 총 4명을 호송관으로 선정했다. 일반 범죄자들의 경우 호송관 3명을 파견하지만 강력범 등 필요한 경우에는 4명 이상의 호송관을 보내기도 한다. 이번의 경우 4명의 호송관을 파견했고 검거에 유공이 있는 베트남 공안들도 함께 동행해주기로 했다. 사실 이 공안들은 우리가 감사하는 의미에서 비공식적으로 초청하는 것이었다. 그래야 다음번에도 도움을 받을 수 있기 때문이다.

김형진이 국내 조직폭력배였기 때문에 호송팀이 입국할 때 공항 입국장에서 같은 조직원이나 추종세력들에 의한 소동에 대비할 필요도 있었다. 발생할 수 있는 소동을 감안해서 경비 인원을 적절한 곳에 배치하였고 사전 교육도 하여 만일의 사태에 대비하였다.

드디어 2018년 4월 5일 13시 55분, 호송팀은 김형진을 국내로 호송했다. 우려되었던 소동은커녕 조직원처럼 보이는 사람은 한 명도 없었다. 나도 모르게 "이게 비정한 조직 세계구나"라고 중얼거렸다.

다만 한 노인이 김형진을 바라보고 있었는데, 나중에 수사팀을 통해 확인해보니 그의 아버지라고 하였다. 아들의 죽음에 비통해하던 피해자의 아버지라고 송환되는 가해자를 쓸쓸히 바라보는 가해자 아버지의 모습이 겹치면서 여러 감정이 교차하였다. 나는 사진으로만 보던 김형진을 처음 공항에서 보았는데 하도 사진을 많이 보고 생각을 오래해서인지 오래전부터 알던 사람처럼 느껴졌다.

의문스러운 불기소와
살인죄 인정

이후 〈그것이 알고 싶다〉에서 후속편 출연 요청이 왔다. 피의자들이 다 검거되었는데 경찰이 더 언급할 게 있을까? 좀 의아했다. 알고 보니 검찰에서 김형진을 살인죄로 기소하지 않았다는 것이었다.

태국에서 자수한 윤 씨는 살인죄로 기소되어 15년의 중형을 받았는데, 베트남으로 도피한 김형진은 한국으로 송환까지 되었는데 살인죄로 기소되지 않다니. 검찰 내부 사정은 잘 모르겠지만 매우 황당한 결정이었다. 검거한 우리는 물론, 피해자의 가족과 국민들의 분노를 불러일으킬 수밖에 없는 일이었다. 다행히도 방송이 방영된 후에 검찰에서 살인죄 기소를 준비한다는 소식을 들었다.

김형진은 2018년 10월 살인죄로 기소됐다. 2023년 11월 9일 대법원은 김 씨를 살인 및 사체유기 혐의로 징역 17년을 확정했고, 공동감금·상해 등 혐의를 포함 총 21년 6개월형이 확정됐다.

한편 윤 씨는 태국 현지에서 15년형을 선고받고 복역하다가 2022년 4월 국내로 송환되었다. 2024년 1월 16일 대법원은 윤 씨에 대해 징역 14년형을 선고하고 10년간 위치추적 전자장치 부착을 명령한 원심을 확정했다. 다만 태국에서 복역한 4년 6개월은 이미 복역한 것으로 인정했다.

태국 경찰 주재관, 서울경찰청 국제범죄수사대 수사관들, 베트남 경찰 주재관, 경찰청 인터폴계 직원들, 태국 경찰과 베트남 공안의 노력들이 합해져서 이 비극적인 사건을 해결할 수 있었다.

각자의 위치에서 모두가 최선을 다할 때 도피사범을 검거하고 비로소 정의를 실현할 수 있다. 이 사건을 통해 사회정의를 위해 노력하는 모든 사람들에 대한 깊은 감사를 느꼈다. 피해자의 가족을 위해 진실을 밝히고 범인을 처벌하기 위해 헌신적으로 노력했던 수사관들과 피해자의 아픔을 이해하고 위로해준 사람들, 그리고 언론을 통해 이 사건을 알리고 사회적 관심을 불러일으킨 사람들 모두에게 내 마음을 전하고 싶다.

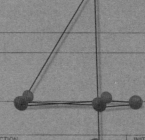

Part4.

DATE: ORIGINATOR:

SUBJECT:

DATE	ACTION	INITIAL

사상 최초로
했던 일들

인터폴 적색수배 요건 개정과
나우루 도피 범죄자 송환

적색수배 기준 개정

경찰청 인터폴계장으로 인터폴계에 부임한 뒤 서두른 작업은 인터폴 적색수배 기준 개정이었다. 해외로 도피한 범죄자를 추적하고 검거하는 데 가장 효율적인 수단이 인터폴 적색수배인데, 적색수배의 기준이 너무 높아 접근이 어렵다는 판단에서였다. 웬만한 피해를 본 게 아니면 인터폴 적색수배를 활용해서 피의자를 검거해야겠다는 생각을 할 수 없을 정도로 기준을 맞추기가 어려웠다. 기존 시스템이 국민들의 높아진 눈높이에 맞지 않는다는 판단에서 인터폴 적색수배 기준 개정 작업에 착수했다.

현재 인터폴 사무총국에서는 인터폴 적색수배의 기준을 3가지로 규정하고 있다.

① 법원 등 권위 있는 기관에서 체포영장·구속영장이 발부된 자

② 중범죄(serious ordinary-law crime)일 것

③ 장기 2년 이상 징역·금고에 해당하는 범죄를 범한 자 혹은 징역 또는 금고 6월 이상의 형을 선고받고 미집행 6월 이상 이 남은 자일 것

①, ③번은 객관적인 기준이 명확해서 어느 나라에서든 이론의 여지가 없이 적용할 수 있다. 그러나 ②의 해석에는 각국의 기준이 다를 수 있다. 당시 우리나라 경찰청은 중범죄를 다음과 같이 규정하여 인터폴 적색수배 기준을 제시하였다.

개정 전 인터폴 적색수배 기준

장기 2년 이상 징역이나 금고에 해당하는 죄를 범하여 체포영장·구속영장이 발부된 자 중

① 살인, 강도, 강간 등 강력범죄 관련 사범

② 폭력조직 중간보스 이상 조직폭력 사범

③ 다액(50억 원 이상) 경제사범

④ 기타 수사관서에서 특별히 적색수배를 요청하는 중요사범

개정 전 규정은 현실을 제대로 반영하지 못하는 부분이 있었다. '우선 폭력조직 중간 보스 이상'이라는 항목부터 최신 범죄 트렌드를 반영하지 못했다. 요즘 문제가 되고 있는 범죄는 조직폭력 범죄라기보다는 보이스 피싱, 사이버 도박 등 비대면 편취 범죄이므로 이에 대한 규정을 넣는 게 더 적절했다.

그리고 '다액 50억 원 이상'의 경제사범 규정은 기준이 너무 높았다. 사실상 대부분의 재산범죄는 피해액이 50억 미만이다. 재산범죄 중 피해 금액이 50억 원 이상인 건은 대규모 다단계 사기 등 다중 사건이 아닌 이상 발생하기 어렵다. 일반 국민들이 당하는 대부분의 경제범죄의 피해금은 몇천만 원이나 많아야 수억 원 정도이다.

피해 금액 기준을 현실성 있게 낮추어야 사기꾼들을 검거하고 피해자들의 피해 회복 가능성을 높일 수 있다. 이 때문에 경제범죄의 피해 금액을 대폭 낮춰서 현실화하기로 했다. 하지만 그 기준을 마음대로 정할 수는 없었다. 그래서 '특정경제범죄 가중처벌 등에 관한 법률'상 가중처벌의 기준에 따라 5억 원으로 규정했다.

반대를 무릅쓰고

좋은 취지에서 시작된 일이었지만 예상했던 것보다 반발이 심했다. 반대의 가장 큰 이유는 한정된 인원에 일이 너무 많이 늘어나서 감당할 수 없다는 것이었다. 지금도 일이 벅찬데 더 많은 일이 들어오게 되는 것이니 반대할 이유도 충분했다. 하지만 우리의 어려움보다는 개정의 당위성이 더 컸다. 국민들의 편익을 추구해야 한다는 사명감도 있었다.

직원들에게는 "일이 늘어나야 인원도 증원된다. 개정 방향이 맞다는 것은 잘 알지 않느냐?" 하며 설득했고, 상사들에게는 어렵지 않게 승인을 받을 수 있었다. 문제가 발생하지 않도록 마지막으로 인터폴 사무총국과도 소통을 했다. '우리가 인터폴 적색수배의 내부 기준을 이렇게 변경하는데 이견이 있는가?'라는 취지의 검토 문서를 보냈더니 이견 없이 찬성한다는 답변을 받았다.

수십 년 동안 현실을 반영하지 못했던 인터폴 적색수배 기준이 개정됐다. 개정 당시가 4월이었는데, 나는 인터폴 적색수배 개정에 많은 의미를 두었기에, 내 결혼기념일인 4월 12일과 같은 4월 12일로 개정일을 정하게 되었다.

> **개정된 인터폴 적색수배 기준**
>
> 장기 2년 이상 징역이나 금고에 해당하는 죄를 범하여
>
> 체포영장·구속영장이 발부된 자 중
>
> ① 살인, 강도, 강간 등 강력사범
>
> ② 조직폭력, 전화 금융 사기 등 조직범죄 관련 사범
>
> ③ 다액(5억 원 이상) 경제사범
>
> ④ 사회적 파장 및 사안의 중대성을 고려하여
>
>   수사관서에서 특별히 적색수배를 요청한 기타 중요사범

특히, 맨 마지막 '사회적 파장 및 사안의 중대성을 고려하여 수사관서에서 특별히 적색수배를 요청한 기타 중요사범'이라는 규정은 형식에 너무 얽매이지 않도록 열어둔 조항이다. 이 기준들은 수배의 목적과 표준을 이해하기 쉽도록 선택된 것이지, 언급되지 않는 다른 중요한 범죄를 수배할 수 없다는 뜻으로 받아들이지 않았으면 했다. 피해액은 크지 않으나 다중을 대상으로 한 중고 물품 사기나 다수의 서민들을 대상으로 한 전세 사기 같은 악질 범죄 등이 여기에 해당될 수 있다. 실무적으로 필요하나 기준이 충족되지 않아서 수배 요청

을 저어하게 되는 부분, 그 공백으로 남는 범죄를 최소화하는
게 바로 적색수배가 지향하는 바이기도 할 것이다.

적색수배 개정을 통해
알게 된 나우루

사기 금액이 50억 원 이상이여야만 한다는 규정이 5억으로
바뀌면서, 약 11억 원을 빼돌린 사기 혐의자가 새롭게 적색수
배 대상자로 오를 수 있었다. '나우루'라는 국가로 도피한 범
죄자였다. 이름도 생소한 나우루는 국내에는 잘 알려지지 않
은 곳으로, 여의도 2.5배 정도 면적의, 세계에서 세 번째로 작
은 나라였다. 나우루에서 범죄자를 송환한 것은 우리나라 역
사상 처음 있는 일이었다.

　　당시로부터 약 9년 전, 경기북부경찰청(남양주서)에서
사기 혐의자 박 씨에 대한 공조 요청이 접수되었다. 박 씨는
피해자들에게 '가스충전소 인허가를 받은 후 되팔자'고 속여
6억 9천만 원의 사기를 쳤다. 가스 충전소 허가만 받으면 가격
이 4~5배는 오르므로 큰 수익을 낼 수 있다며 투자금을 받은
것이다. 다른 사기 사건 등을 합해 사기 피해금이 약 11억 원

이었다. 경제 피해액 50억 원 이상이라는 당시 기준에는 인터폴 적색수배의 대상이 아니었다가 적색수배 기준이 개정됨에 따라 새롭게 수배의 대상이 된 경우였다.

인터폴 사무총국에 요청하여 박 씨에 대한 인터폴 적색수배를 발부받고, 추적 끝에 박 씨가 나우루에 체류하고 있다는 사실을 알게 되었다. 적색수배가 나오자마자 나우루 인터폴에 협조 요청을 하였는데, 인터폴망을 통한 수차례의 협조 요청에도 답이 없었고 전화까지 걸었지만 아무 응답도 없었다. 그도 그럴 것이, 나우루는 국가라고는 하지만 인구수가 1만 명도 채 되지 않기 때문에 우리나라와 같은 시스템을 기대할 수 없었다. 결국 인터폴 라인으로는 한계가 있다고 판단해 현지 한국 대사관에 도움을 요청하기로 했다.

주피지 한국 대사관과
박형구 영사의 도움

나우루는 매우 작은 나라여서 별도의 한국 대사관이 없었고 주피지 한국 대사관의 관할이었다. 주피지 한국 피지 대사관에는 경찰 주재관이 없었기 때문에, 대사관에서 사건 사고 담당으로 근무하던 외교부 박형구 영사에게 도움을 요청하였다. 이 송환에 가장 큰 도움을 준 사람이 바로 박 영사와 교민분이었다. 이분들의 도움이 없었다면 이 송환은 성사시킬 수 없었을 것이다.

인터폴 라인을 통한 협력에 한계가 있을 때 외교부 현지 대사관에서 한국 경찰을 대변하여 많은 도움을 준 것에 지금까지도 감사하게 생각하고 있다. 박형구 영사가 귀국했을 때 만나기도 하고 지속적으로 연락도 주고받았는데, 아쉽게도 박 영사는 2022년 외교부에서 퇴직했다. 모친 부양을 위해 휴직을 했는데 휴직 기간이 종료되고 더 이상 휴직이 어려워지자 퇴직하는 결단을 내린 것이다. 이렇게 사명감을 가지고 열심히 일하는 사람이 단지 휴직 연장이 불가하다는 행정적인 사유로 그만두었다고 생각하니 마음이 매우 아팠다.

주피지 대한민국 대사관 대사가 바론 와카 나우루 대통령과 면담까지 해서 결정적으로 송환이 성사되었다. 면담에서 박 씨 검거와 송환 협조 요청을 했고, 나우루 당국은 송환 비용을 한국 경찰에서 부담하는 조건으로 협조를 약속했다. 곧 나우루 당국의 협조로 박 씨가 검거되었는데, 항공편을 어떻게 할지가 문제가 되었다. 국제법상 기국주의에 따라 우리나라 항공기는 우리나라 영토로 간주되어 체포영장을 집행할 수 있다. 그런데 우리나라에서 나우루로 가는 직항편이 없었기 때문에 부득이 피지를 경유하여 박 씨를 송환하기로 가닥을 잡았다. 나우루 경찰들이 박 씨를 피지까지 송환하면 피지 경찰이 하루 유치장에서 구금하고 그다음 날 우리가 신병을 인계받아 한국으로 송환하는 일정이었다.

적색수배 개정의 첫 성과

이번 송환은 인터폴 적색수배 개정을 통해 얻는 첫 성과인 만큼 내가 직접 가고 싶었다. 상부의 허가를 받고 나와 호송관들 총 3명이 2017년 8월 17일 야간 비행기를 타고 약 열 시간 후에 피지 난디 공항에 도착했다. 박 영사와 피지 경찰들이 우리를 반갑게 맞아주었다. 한국에서 피지로 가는 비행 편과 나우루에서 피지로 오는 비행 편이 시간 차이가 있기 때문에 나우루 경찰이 호송해 올 박 씨를 이틀간 기다릴 수밖에 없었다. 기다리는 동안 피지 경찰 등 법 집행 기관과 협력할 수 있는 좋은 기회라고 판단하여 피지 공항경찰대와 이민청에 방문하였다.

그간 도와주었던 것에 감사하며 명함을 교환하고 작은 기념품을 주는 등 친분을 쌓았다. 또한 현지 교민들을 만나 현지 치안 여건 등 여러 이야기를 나누었는데, 그중 하나가 은혜로교회에 관련된 내용이었다. 여기서 은혜로교회가 현지에서 얼마나 심각한 상황인지를 알게 되었고, 그에 대한 수사가 시작되는 계기가 마련된 것이다.

마침내 8월 20일 나우루 경찰 2명이 피의자 박 씨를 호송해 피지 난디 공항에 도착했다. 우리 호송팀은 피지 경찰이 박 씨를 피지 경찰서 유치장으로 입감하는 과정에 함께했다. 그곳은 유치장 규모도 매우 작았다. 내부에 전등도 없는 매우 열악한 환경이었다. 유치장 안이 너무 캄캄해서 안에 있는 사람들 얼굴도 잘 보이지 않을 정도였다. 피의자가 도주할 가능성은 항상 있고, 또 이 지역의 치안 상황이나 경찰 청렴도 등에 대해 정확히 아는 바가 없으니, 평상시 유치인을 감시하는 피지 경찰에다가 추가 인력 배치를 요청했다. 인원 동원에 대한 식사비는 우리가 부담하기로 했다. 그렇게 해야 마음이 놓이기 때문에 기꺼이 부담하였다.

피의자가 안전하게 유치장에 입감된 것을 확인한 후 우

리 호송팀은 나우루 호송팀을 만났다. 이 호송관들이 임무를 잘 수행했기 때문에 최소한 저녁 식사라도 대접하는 게 예의라고 생각했다. 겉모습만 보고 40대 이상이라 어림짐작했는데 24살과 28살이라고 해서 깜짝 놀랐다. 식사를 마치고 호송관들에게 작별인사를 하며 나도 모르게 "또 보자See you later"라고 인사했는데, 앞으로 이 친구들을 다시 볼 기회가 또 있을까 하는 생각이 불현듯 머리를 스쳤다. 그들과 함께했던 짧은 시간들이 매우 소중하게 느껴졌다.

다음 날 피지 경찰과 난디 공항에서 범죄자를 호송하고 있는데, 멀리서 인기 TV 프로그램 〈정글의 법칙〉 촬영팀이 보였다. 출연진 중 격투기 선수 추성훈도 있었다. 평소 추성훈 선수의 경기를 대부분 시청해왔기 때문에 순간 가까이 가서 보고 싶은 유혹이 생겼지만 공무 집행 중이기에 단호히 고개를 돌렸다.

피지 경찰로부터 범죄자를 인계받고 국적기에 올랐다. 비행시간이 열 시간으로 꽤 길기 때문에 호송관들은 교대로 휴식을 취하기로 했다. 대개 호송관들은 한국에서 비행기를 타고 온 피로가 가시기도 전에 범죄자를 호송해 귀국행 비행기를 탄다. 피의자는 귀국해 한국에서 받을 사건 조사와 처벌에 대한 두려움과 걱정으로 잘 쉬지 못한다. 우리도 마찬가지였다. 피곤한 호송관들은 피의자를 교대로 감시하면서 열 시간을 날아서 한국에 도착했다. 남양주서에서 온 수사관들에게 신병을 인계했고 우리의 임무는 끝났다.

잊히지 않는 일을
하겠다는 다짐

온라인에 나우루를 검색하면 우리 교민이 단 2명밖에 살지 않는다고 알려져 있는데, 그 교민 2명이 바로 박 씨와 그의 가족이다. 박 씨가 국내로 송환되고 그 가족도 피지로 이사를 했으니, 나우루에 생겼던 아주 작은 교민 사회가 없어진 셈이다. 수개월에 걸친 노력 끝에 8년 만에 피의자를 국내로 송환하고 집으로 향하는 버스 안, 얼마나 많은 사건을 해결해야 이 부서에서 나의 임무가 끝이 날까? 하는 생각이 들었다. 또 보자고 작별인사를 건넸던 나우루 경찰관들도 떠올랐다. 보람찬 마음으로 오른 퇴근길이었는데 여러 생각이 교차했다. '그래, 죽을 때까지 평생 할 수 있는 일도 아닌데, 할 수 있을 때 최선을 다하자. 여태껏 해왔던 사람들보다 잘해서 잊히지 않는 일을 해

야겠다.'

인터폴 적색수배 개정부터 나우루 송환까지 4개월이 넘었던 그간의 노력이 KBS 9시 뉴스에 보도되었다. 뉴스를 보고 인터폴계에서 다른 부서로 옮긴 직원에게도 연락이 왔다. "제가 3년 동안 근무하면서 KBS 9시 뉴스에 우리 업무가 홍보되게 하는 게 목표였는데, 그걸 못 했거든요. 계장님이 1년도 안 되어 성공하셨네요. 축하드립니다." 물론 듣기 좋으라고 한 칭찬이겠지만, 일을 열심히 하는 만큼 우리가 하는 일을 홍보하는 것의 중요성을 인식하게 되었다.

성공적인 작전을 홍보하면 여러 긍정적인 효과를 얻을 수 있다. 가장 중요한 효과는 경찰에 대한 국민의 신뢰를 쌓는 데 도움이 된다는 점이다. 국민들이 경찰이 유능하고 일을 잘 처리하고 있다고 느끼게 되면 수사에 적극적으로 협조하고 향후 범죄를 신고할 가능성도 높아진다. 범죄자는 결국 잡힌다는 것을 뉴스를 통해 학습하면 잠재적 범죄자를 억제하는 효과도 가질 수 있다. 애초에 범죄를 저지를 가능성이 낮아지는 것이다.

또, 경찰이 미칠 수 있는 영향력을 보여줌으로써 사명감을 가진 멋진 젊은이들에게 경찰이라는 직업을 소개할 수도 있다. 처음에는 당연한 일에 공치사를 하는 것 같기도 하고 겸손하지 못한 것은 아닌지 망설여지기도 했지만, 전임 직원의 말을 계기로 홍보의 중요성과 효과를 깨닫게 되었고 그 후에도 성공적인 업무를 홍보하는 데 신경을 쓰게 되었다.

내게 이 말을 해준 직원은 후에 필리핀 코리안 데스크로 파견을 나가게 되어, 나와 같이 일하면서 많은 성과를 내어주었다.

낙토를 찾아 피지에 정착한 이단, 은혜로교회

은혜로교회와
존스타운 사건

은혜로교회의 존재는 나우루 송환을 위해 피지에 출장을 갔을 때 교민 간담회를 통해 알게 되었다. 은혜로교회라는 이교도 집단에서 폭행, 협박, 갈취 등 범죄가 발생하고 있다는 사실이었다. 송환 출장에서 복귀한 후 은혜로교회에 대해 기초조사를 시작했고, 조사 내용을 첩보 보고서로 작성하여 과천 은혜로교회를 관할하는 경기남부경찰청 국제범죄수사대에 내사를 지시했다.

인터폴계장으로 근무하면서 가장 신경을 많이 쓰고 노력했던 것이 바로 피지 은혜로교회 사건이다. 경찰관 등으로 구성된 대규모의 정부 합동 조사단이 파견되었고, 피지 경찰청과 합동 작전을 펼쳐서 많은 피의자들을 검거한 것도 처음 있는 일이었다. 종교 단체 문제였고 수많은 신도의 안전과 관련된 사안이었기에 초기부터 신중하게 접근했다. 해외에서 발생하고 있는 사건으로 외교부와의 협의도 필수적이었기 때문에 외교부 및 주피지 한국 대사관과도 지속 협의를 진행했다.

경기남부경찰청 국제범죄수사대에서 약 6개월 정도 수사를 진행했을 무렵 피지에서 사망한 은혜로교회 신도가 있다는 첩보를 입수했다. 피지에 거주하는 은혜로교회 현황 및 신도들에 대한 자료 등을 외교부를 통해 확보하고 수사를 더욱 서둘렀다.

은혜로교회는 한때 대한예수교장로회 소속이었다. 그러나 성경을 자기만의 방식으로 해석해 설파하는 등 논란이 되는 활동으로 문제가 되었고, 결국 총회의 논의 끝에 이단으로 결정된다. 더 이상 국내에서 활동을 할 수 없게 된 교주 신옥주는 타개책을 찾게 된다. 대규모의 기근과 식량 부족 사태에 대비하자는 명목으로 최후의 낙토樂土, Paradise라며 피지 공화국으로 약 400여 명의 신도들을 이주시킨 것이다. 일종의 종말론과 유사한 것이었다.

신도들은 피지로 가기 위해서 적게는 3천만 원에서 많게는 전 재산을 교회에 기부하였다. 처음 피지에 들어갔을 무렵 은혜로교회의 재산은 100억 원 가까이 되었다고 한다. 그러나 낙원을 꿈꾸며 피지로 간 신도들을 기다리고 있던 것은 살인적인 무임금 노동이었다. 이들은 피지에 '은혜로교회'를 그대로 딴 '그레이스 로드 그룹GraceRoad'을 설립해 신도들의 노동력을 착취해 농작물을 경작하였다.

은혜로교회는 그레이스 로드라는 사업체로 농사, 식당, 미용실, 슈퍼마켓 등 온갖 사업을 계획했다. 수확한 농산물로 음식을 만들어 팔고 공산품도 팔아 돈을 벌어들였다. 순수한 신앙심으로 농장에 들어왔던 신도들 일부는 처음 이야기했던 방향과 달라서 이탈하려고 했다. 하지만 교주와 측근들은 이들을 가만히 놔두지 않았다. 성경에 나온다는 '타작마당'을 빌미로 이탈자를 폭행하였다.

폭행은 그냥 일방적으로 뺨을 때리기도 했지만 더 심한 경우도 있었다. 그곳에서 탈출한 신도들의 증언에 따르면 독특한 폭행 방식이 있었다. 두 명의 신도가 이탈자의 양팔을 각각 잡고, 또 다른 사람이 대상자의 뺨을 힘껏 내려치는 방식이었다. 구타는 교주가 그만 멈추라고 할 때까지 계속되었다. 폭행에 못 견디어 실신하는 사람들도 있었고, 엄마가 딸을, 딸

이 엄마를 서로 폭행하며 뺨을 때리도록 하기도 했다. 인간으로서 할 짓이 아닌 잔혹한 일들을 벌인 것이다. 이 타작마당은 교주의 말을 따르지 않는 신도들을 응징하고 다른 신도들에게는 본보기를 보여주는 유용한 관리 수단이었다.

경기남부경찰청 국제범죄수사대에서 수사를 진행하여 총 11명에 대한 체포영장을 받았다. 검찰로 송치할 때 서류는 1만 페이지가 넘었다. 내가 처음 수사 첩보를 작성한 보고서가 1페이지였는데, 1년도 지나지 않아 1만 페이지가 된 것이다. 수사대에서 얼마나 수사를 열심히 했고 고생했는지 잘 알 수 있는 항목이었다. 그때 고생했던 박유훈 국제범죄수사대장과 허건 팀장, 그리고 많은 수사관들에게 지금까지도 감사한 마음이 든다.

이때 인연이 된 이 두 분과 간혹 통화를 할 때면 아직도 은혜로교회 얘기가 나온다. 사건 해결을 위해 모두 열심히 했던 때를 떠올리다 보면 이 사건이 모두에게 평생 잊지 못할 사건이 된 것 같다. 앞서 언급했듯이 허건 팀장은 몇 년 후에 나와 필리핀 최대 보이스 피싱 조직 민준파 검거 및 송환 업무를 같이 하게 되었는데, 이 보이스 피싱 사건으로 허 팀장은 경감으로 특진하게 된다.

과천 은혜로교회

　　가장 우려가 된 것은 은혜로교회 사건이 제2의 '존스타
운 사건'이 되지 않을까 하는 것이었다. 존스타운 사건에 관해
서는 나우루 송환 때 큰 도움을 주었던 외교부 박형구 영사가
먼저 우려를 표했는데, 1970년대 미국에서 짐 존스라는 사이
비 교주와 신도들과 관련된 사건이다. 이 사이비 교주는 신도
들을 남아메리카 가이아나라는 나라로 집단 이주시켜서 감금,
폭행, 노동력 착취 등을 일삼았다. 이런 상황이 알려지면서 실
태를 파악하러 온 하원의원과 기자들을 살해하고 교주의 지
시에 따라 276명의 어린이를 포함하여 총 913명이 독극물을
마시고 집단 자살한 사건이다.

9백 명이 넘는 사람들이 교주의 한마디에 자살을 했으니 사이비 종교의 힘이 얼마나 대단한지를 단적으로 보여준다. 은혜로교회 사건 역시 사이비 종교의 교주가 신도들을 다른 나라로 이주시키고 단절된 생활을 하면서 그 안에서 감금, 폭행 등의 범죄를 저질렀다는 점에서 존스타운과 유사한 점이 많았다. 우려되었던 부분은 교리에 심취한 신도들이 공동 조사팀을 공격하거나 집단 자살할 가능성이었다.

교주 체포와
정부 합동 조사단 파견

피지 은혜로교회에 대한 대응책을 마련하던 중에 경기남부 국제범죄수사대는 은혜로교회에서 새로운 교회 개척을 위해 베트남 진출을 모색하고 있다는 첩보를 입수했다. 피지에서 더 이상의 교세 확장이 어렵다고 판단해서 베트남에 진출을 하려고 한다는 것이었다. 이들에게 교세 확장이란 결국 새로운 신도들을 확보하고 경제적 이득을 빼앗기 위한 것이었다.

교주 신옥주 등이 2018년 7월 베트남을 방문한 후 국내로 일시 귀국한다는 정보를 바탕으로, 경기남부경찰청 국제범죄수사대 수사관들은 인천공항으로 입국하는 신옥주와 관계자 4명을 체포했다. 교주 체포 소식은 당연히 바로 다른 신도들에게 전파되었을 것이다. 체포영장이 발부된 피지 내 은혜로교회 관련자 체포와 현지 신도들에 대한 안전 점검을 더 이상 미룰 수 없었다.

우리는 신속하게 피지로 우리 경찰관들을 파견할 계획을 준비하기 시작했다. 우선 피지에 있는 대한민국 대사관 및 피지 인터폴에 협조를 요청하여 피지 경찰청에 우리 경찰관 파견을 공식 승인받았다. 그리고 현지 합동 검거 작전에 필요한 인력 및 장비를 요청하였다. 또한 체포영장이 발부된 범죄자들이 제3국으로 도주하지 못하도록 인터폴 적색수배를 발부받았다. 피지 내 은혜로교회 농장에 머물고 있는 신도들의 명단과 은혜로교회에서 운영 중인 식당, 의류점 등 현황을 업데이트하여 피지 파견에 대비했다.

2018년 8월, 경찰청 주관으로 피지에 파견할 정부 합동조사단을 구성했다. 정부 합동 조사단은 경찰청 인터폴계, 경기남부경찰청 국제범죄수사대, 여성청소년과 수사관들, 그리고 아동보호 전문 기관 상담사들로 구성되었다. 현지에 미성년 학생들이 다수 있었고, 이들에 대한 교육 방임 등의 아동 학대가 예상되었기 때문에 청소년범죄 수사 업무를 담당하는 수사관들과 아동보호 전문 기관 전문가들도 포함시켰다.

피지의 수도는 동쪽에 위치한 수바이고, 신혼여행객 등 관광객들이 많이 찾는 곳은 서쪽 난디 지역이다. 처음에는 권역별로 구분하여 공동 조사팀을 각 권역에 동시에 파견하여 인터폴 적색수배자를 체포하고 현지 실태를 조사하는 방안을 검토했다. 그러나 이 방식으로 하기에는 우리 경찰 인원이 부족했고, 원거리 이동 수단도 여의치 않았다. 특히 북섬으로 불리는 사부사부 지역은 경비행기를 타고 이동해야 했는데, 경비행기는 날씨의 영향을 많이 받아 운행을 장담할 수 없었기 때문에 조사팀을 여러 권역에 일시에 파견하는 방안은 현실성이 떨어졌다. 우선 이들의 주요 거점지인 수바 지역을 쳐서 지휘부인 피의자들을 검거하고, 이들의 검거가 완료된 뒤 지휘부 부재로 혼란한 틈을 타 다른 지역도 치기로 했다. 우선 선발대로 나와 업무 담당자가 먼저 피지로 가서 피지 경찰에게 협조를 구하고 신도들의 주요 거주 지역을 답사하는 등 필요한 사안을 챙기기로 했다.

선발대가 난디에 도착했고, 난디에서 수바로 가기 위해 경비행기를 탔다. 탑승 전에 탑승객들이 각자 자신의 짐을 들

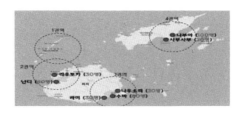

피지 내 은혜로교회 주요 거점

고 커다란 저울에 올라갔는데, 작은 비행기라서 탑승자와 짐의 무게를 분산시켜 좌석을 배치하기 위한 것이라고 했다. 비행기에서 내려다보이는 피지는 정말 아름다웠다. 이곳을 낙원으로 속인 범죄자와 그를 믿고 온 신도들, 지옥이 되어버렸을 그들의 낙원이 너무 아름다웠기에 더욱 마음이 씁쓸했다.

수바 공항에 도착하자 나우루 송환 때 우리를 도와주었던 박형구 영사가 공항으로 마중을 나와 있었다. 인터폴 수배자들을 검거해서 국내 송환을 하려면 공항경찰대의 협조가 필수였기에 바로 공항경찰대를 방문했다. 사전에 협조 요청을 하러 공항경찰대장을 만났는데, 나우루 송환 때 보았던 터라 인사를 했더니 처음에는 나를 알아보지 못했다가 나중에서야 알아차리고 반갑다며 내 등을 쳤는데 무척이나 아팠다. 워낙 골격이 좋고 거구였는데, 힘까지 센 걸 몸으로 실감했다.

본대가 도착하기 전, 피지 경찰청 수사국CID과 인터폴의 협조로 은혜로교회의 본거지와 교주 신옥주의 아들이자 피지 내 은혜로교회의 실세인 김 씨(인터폴 적색수배자)의 주거지를 사전에 답사했다. 우리를 도와주는 피지 경찰관들과 이야기를 나누며 친분도 다져놓았다. 피지는 예전 영국의 식민지였던 관계로 영국식 영어를 사용한다. 미국식 영어 교육을 받았던 우리에게 영국 영어, 그것도 피지에서 변형된 영국 영어로 소통하기가 쉽지 않았다. 인터폴계에서 영어를 가장 잘하는 임 경위가 본대에 속했기 때문에 임 경위가 올 날을 손꼽아 기다렸다.

본대가 도착하자마자 임 경위부터 찾았는데, 임 경위가 영어 하는 것을 보자 우리가 미국식 영어로 교육받아서 말을 잘 못 알아들었다는 것은 순 핑계였다는 것을 깨달았다. 역시 영어를 잘하는 사람은 어떤 식으로 해도 잘했고, 덕분에 '이제야 소통이 좀 쉬워지겠구나' 하며 안도했다. 왜냐하면 피지 경찰청 수사국 회의실에서 피지 수사국장 및 주요 간부들과 연달아 회의가 예정되어 있었기 때문이다.

피지 경찰들은 약속 시간보다 한두 시간 늦기 일쑤였는데 자체 회의가 늦게 끝나서 그렇다고 하니, 우리가 부탁하는 입장이었기 때문에 마냥 기다릴 수밖에 없었다. 매일 수차례 진행하는 회의가 우리 생각대로 속도가 나지 않아 많이 답답했다. 더 신속한 진행을 부탁하기 위해 일과 후에는 피지 경찰들을 저녁 식사에 초대해 여러 정보를 얻고 친분을 쌓았다.

피지 경찰들과 식당에 가기만 하면 좀 전까지는 보이지 않았던 다른 피지 경찰들이 어디서 그렇게 많이 나타나는지 참 신기했다. 피지 사람들이 체구가 큰 만큼 먹성도 좋아서 보통 한국 사람들이 먹는 양의 2~3배는 먹는 것 같았다. 한국 경찰청에서 한 덩치 하는 베트남 담당 서의성 경사도 피지 사람들 앞에 서면 귀여워 보일 정도였다.

명예 경찰관 임명,
본격 검거 작전

피지 경찰과 며칠 동안의 회의를 통해 은혜로교회 조직과 인터폴 수배자들에 대한 검거 일시와 방법 등을 논의하였다. 피지 경찰들은 한국 경찰이 피지 경찰의 검거 활동에 참석할 수 있는가에 대해서도 따로 논의를 했다.

결국 한국 경찰관들이 피지 경찰청의 검거 작전에 합법적으로 참여하기 위해 우리들을 피지 명예 경찰관Special Constable

으로 임시 임명하기로 했다. 명예 경찰관 신분증도 만들어야 했다. 우리 공동 조사단 개개인의 사진을 찍고 신분증을 발급하는데, 빨리빨리의 민족인 한국인이 보기에는 발급 처리 속도가 너무 느렸다. 너무 답답해서 우리가 나서서 피지 경찰의 작업을 도왔고, 신속하게 신분증이 나올 수 있었다. 한국인의 신속함이 돋보였던 순간이었다.

검거 작전 D-day는 신도들이 예배를 위해 모이는 날 저녁 시간이었다. 검거 작전에 참가하기 위해 피지 명예 경찰관 신분증도 잘 챙겼다. 검거 당일 저녁이 되어 모두 피지 경찰청 수사국 앞에 모였고, 피지 경찰청 수사국 경찰관, 경찰특공대, 이민청 직원들과 함께 경찰 버스와 순찰차 등에 나누어 탑승하고 은혜로교회 본거지로 이동하였다. 여기서 나우루 송환 작전 때 우리를 도와주었던 피지 공항경찰대 경찰관 보코Voko를 다시 보게 되었다. 은혜로교회 사건 때는 피지 경찰특공대 소속으로 우리를 또 한 번 도와주게 된 것이다. 사람 인연이란 게 참 소중하고 신기한 듯하다.

나는 피지 인터폴 직원과 승용차를 타고 함께 이동했는데 긴장되는 검거 작전을 앞두고 가슴이 두근거렸다. 우리는 모두 '이 먼 곳까지 왔는데 꼭 피의자들을 체포하고 반드시 신

명예 경찰관 신분증

도들의 안전을 확인하고 귀국해야 한다'는 각오를 다졌다. 지금도 이때만 떠올리면 이동하는 차 안에서 느꼈던 가슴 두근거림과 흥분이 생생하게 느껴진다.

피지 경찰 검거팀은 은혜로교회 본거지 앞에서 집결했는데 커다란 철문이 잠겨 있어서 안으로 진입할 수 없었다. 피지 경찰과 은혜로교회 관계자 간 한동안 실랑이가 일었다. 피지 경찰 책임자가 철문을 개방하지 않을 경우 강제로 개방하겠다는 최후 경고를 한 후 철문이 열렸다. 우리는 피지 경찰과 함께 은혜로교회 내부로 진입했다. 당초 우려했던 조직적인 저항은 없었고 일부 은혜로교회 관계자들이 피지 경찰에 항의를 하였지만 미미한 수준이었다.

왜소한 젊은 남성이 피지 경찰에 거칠게 항의를 하는데,

'저러다 한 대 맞으면 병원에 입원해야 할 거 같은데' 하는 걱정이 들 정도로 마른 모습이었다. 결국 몇 번의 경고 후에 피지 경찰이 그를 단번에 제압했다. 힘 차이가 너무 나서 마치 어른이 초등학생을 잡은 것 같았다. 이 사람이 제압당하는 것을 지켜본 다른 사람들은 섣불리 항의에 나서지 못했고, 우리는 서둘러 압수수색에 나섰다.

교회와 사무실을 수색하니 잠겨 있는 서랍이 눈에 띄었다. 중요한 물건이 들어 있겠구나 판단해서 확인해보니 신도들의 여권이 한곳에 보관되어 있었다. 대부분의 국가에서 다른 사람들의 여권을 집중 보관하고 있는 것은 법률 위반이다. 헌법이 보장하는 거주 이전의 자유를 침해하는 것으로 보기 때문이다.

수색 과정에서 신옥주의 아들이자 사실상 피지 은혜로교회를 이끌고 있는 김 씨의 기세가 대단했다. 그도 그럴 것이 자신이 왕이라고 생각했을 테니 말이다. 김 씨는 신발을 신고 들어온 나를 보고 "여기 실내인데 이렇게 들어오면 어떡해?"라고 반말로 항의했다. 그때만 해도 상황 파악이 제대로 되지 않아 나를 포함해 들이닥친 한국인들이 누군지 몰라봤을 것이다. 나도 김 씨를 째려보면서 "이런 거 신경 쓰지 말고 앞으로 일이나 신경 써"라고 대답했다. 피지 경찰의 압수수색 상황에서도 그는 마이크를 잡고 교인들을 안심시키며 우리들이 아무것도 아니라는 식으로 설명했다.

그러나 김 씨의 기세는 얼마 가지 않아 꺾였다. 피지 경찰관들이 김 씨의 양손을 뒤로해 수갑을 채운 순간이었다. 수갑을 차는 순간 김 씨는 하늘을 바라보며 크게 한숨을 쉬었다. 내가 말한 대로 자신에게 벌어질 일에 신경을 써야 할 상황이 온 것이다.

뜻밖의 사건도 발생했다. 피지 경찰과 교회 내부를 수색하고 정신이 없는 가운데, 교회 마당에 수갑을 뒤로 찬 채 앉아 있는 한국인을 발견한 것이다. 우리가 찾던 은혜로교회 수배자는 아니었다. 피지 경찰에게 물어보았더니 한국 방송국에서 온 사람 같은데 계속 현장을 촬영하려고 해서 수차례 경고했는데도 불구하고 압수수색 현장까지 들어와서 촬영하다가 체포되었다고 한다. 당시 은혜로교회 상황이 언론에 일부 보도된 시점이어서 취재를 하던 방송사가 몇 군데 있었다. 당장 풀어주면 또 문제를 일으킬 것 같아 어느 정도 현장이 마무리될 때쯤 피지 경찰 책임자에게 요청했다. "저 한국 사람은 단지 촬영을 하려 한 것일 뿐 나쁜 의도는 없으니 석방하면 좋겠

다." 요청이 받아들여져 대상자는 무사히 석방되었다. 자칫 잘
못해서 대상자가 현지법 위반으로 입건이라도 된다면 짧게는
며칠, 길게는 몇 달 동안 한국으로 돌아가지 못할 수도 있는
상황이었다.

은혜로교회의
신분 구조

압수수색 및 피의자 체포 그리고 신도들에 대한 조사 과정에
서 피지 내 은혜로교회는 4단계로 신분이 구성되어 있음을
알게 되었다. 여기서는 한국에서의 지위나 나이는 상관이 없
었다.

계층	대상자	특징
최상위층	교주 최측근들	교주와 인척 관계에 있거나 오래전부터 특별한 관계가 있음
상위층	영어에 능통한 젊은 사람들	어려서부터 세뇌되어 신앙심이 투철하고 영어를 잘해 활용도가 높음
중간층	중년 여성들	자녀들을 데리고 온 주부들로 평균적인 신앙심을 가지고 있음
하위층	중장년 남성들	영어를 못해서 활용도가 적어 단순노동에 동원되어 매우 지쳐 있음

은혜로교회의 신분 구조

최상위층은 김 씨와 같이 교주 신옥주와 인척 관계이거나 오래전부터 교주와 특별한 유대 관계를 가지고 있는 사람들이다. 상위층은 젊은 사람들로 영어에 능통하여 피지에서 교리 전파 등에 매우 활용 가치가 높다. 이들은 어린 나이에 세뇌되어 교리에 매우 심취해 있어서 쉽사리 변절하기는 어려울 것으로 느껴졌다.

중간층은 자녀들과 함께 은혜로교회에 들어온 주부들로 평균적인 신앙심이 있는 신자로 보였다. 하위층은 대부분의 중장년 남성들로 이들은 영어를 못하기 때문에 현지에서 교리 전파 등에 사용할 수 없어 주로 단순 육체노동에 동원되었다. 몸을 보니 생존에 필요한 최소한의 근육 정도만 있었다. 이들이 예전에 육체노동을 해봤던 사람들이 아니었다는 사실을 반증하는 것이다. 맞지 않는 육체노동에다가 더운 날씨 속에서 충분하지 못한 음식과 휴식 등 열악한 환경에 매우 힘들어 보였다. 검게 그을린 피부, 제대로 정리되지 않은 수염, 야윈 얼굴에 불만이 가득 차 있었다. 일부 사람들은 아예 넋이 나가 보이기도 했다.

교인들 한 사람씩 대면 조사가 시작되었고 우리는 피지 경찰관들의 통역을 도와주면서 신도들에 대한 면담을 진행하였다. 회유도 해보았지만 신도들은 쉽게 마음을 열지 않았다. 불만이 많아 보였던 중장년 남성들 역시 특별한 진술은 하지 않았다. 자칫 잘못해서 보복을 당할까 두려웠기 때문일 것이다. 신도들 대부분이 가족과 함께 교회에 들어왔기 때문에 다른 가족들의 안전을 우려하고 있었다. 가족들이 여러 농장에 흩어져 있어 자신만 도망간다면 다른 가족들의 안전을 장담할 수 없는 구조였기 때문이다.

우리가 피지에 오기 전에도 은혜로교회에서 탈출을 감행했던 사람들이 있었다. 무사히 탈출한 사람들도 있었지만 탈출에 실패하여 구타당하고 감금되는 경우도 있었다. 수십 대를 맞거나 맞다가 기절을 하는 경우도 있었다. 그러니 이를 지켜보던 다른 교인들에게는 엄청난 공포로 다가왔을 것이다.

부패와 석방

성공적인 검거 작전이 새벽 3시쯤 일단락되었고, 고생한 피지 경찰들을 위해 간식을 사러 나갔다. 커다란 고기가 들어 있는 샌드위치였다. 우리는 많이 지쳐 있었던 데다 입맛에 맞지 않아서 먹지는 않았다. 새벽까지 우리를 위해 일한 피지 경찰들이 샌드위치를 먹는 모습을 보니 먹지 않아도 배가 불렀다.

다음 날부터는 수바 외의 다른 지역 교회에 대한 점검 및 수색 등을 통해 다른 인터폴 적색수배자들을 검거하였다. 검거 소식을 듣고 자수한 수배자도 있었다. 인터폴 적색수배가 된 피의자들 전부를 검거하지는 못했지만 교주의 아들 김 씨와 은혜로교회 핵심 지도층인 피의자들을 검거했다. 또한 많은 수의 신도를 면담했기에 홀가분한 마음으로 귀국 준비를 할 수 있었다.

그러던 중, 피지 경찰 책임자로부터 전화를 받았는데 신옥주 아들 김 씨 등 체포된 피의자들이 곧 석방될 것 같다는 내용이었다. 1년간의 노력과 피지에서의 고생이 한순간에 물거품이 될 수 있다는 생각에 앞이 캄캄해졌다. 자세한 이유를 알고 싶어서 곧장 피지 수사국으로 달려갔다. 어떻게 된 일인지 물어보았는데 그들의 대답은 한마디로 "부패Corruption"였다. 부패한 피지 정치권과 은혜로교회 사이에 결탁이 있다는 설명이었다.

교주 신옥주는 피지에 정착하면서부터 피지 정부에 갖가지 무상 원조를 제공하면서 정치권과 깊은 교류를 맺어왔다. 당시 총리 관저와 대통령궁의 보수공사도 은혜로교회의 지원으로 진행되고 있다는 소문까지 돌고 있었다. 또한 우리와 피지 경찰의 합동 검거 작전으로 신옥주의 아들 김 씨가 체포되자 김 씨의 부인이 피지 총리를 찾아가 울면서 남편 김 씨의 석방을 간절하게 요청했다고 한다. 이것이 받아들여져서 피의자들을 모두 풀어주게 되었다는 것이다. 금전적인 거래도 있었을 것임을 충분히 짐작할 수 있었다.

우리들은 어깨가 축 늘어져서 귀국을 준비할 수밖에 없었다. 우리들의 실망한 모습에 피지 경찰들은 자신들의 미안한 마음을 전하고 우리를 격려하기 위해서 환송 행사를 준비해주었다. 검거 작전 회의에 참석했던 피지 경찰들이 모두 일어서서 친구를 보내는 피지 전통 이별의 노래를 불렀다. 거구에 무뚝뚝해 보이는 피지 경찰들이 보여준 뜻밖의 세리머니가 감동적이었다.

짧은 기간이었지만 그간 갖은 고생을 함께하며 정이 들었던 피지 경찰들과의 이별과, 힘들게 검거했던 피의자들에 대한 아쉬운 감정까지 일어 직원들은 눈물을 보이기도 했다. 열흘에 가까운 기간 동고동락하며 우리 곁에서 많은 일들을 도와주었던 피지 경찰을 다시 만나기는 어렵다는 것을 잘 알고 있기에 나 역시 아쉬움이 많이 남았다.

그럼에도
성과는 있었다

피지 출장으로 소득이 전혀 없었던 것은 아니다. 모든 신도는 아니지만 많은 신도의 최소한의 안전을 확인할 수 있었다. 교회 내 하층인 중장년 남성들은 은혜로교회에서 당장이라도 뛰쳐나오고 싶은 마음이 많았을 것이다. 하지만 그들은 은혜로교회에 들어오면서 이미 거의 전 재산을 교회에 기부했다. 교회에서 나온다 하더라도 살아나갈 기반이 없었다. 이러한 사실을 본인들이 잘 알고 있기에 자포자기하는 심정으로 귀국을 희망하지 않았다.

교주 신옥주는 우리나라 대법원에서 7년 형을 선고받고 복역 중이다. 우리가 다녀간 이후에 피지 은혜로교회에서 이탈하는 신도들이 지속 발생하였다. 가장 큰 성과는 은혜로교회의 실체가 각종 매체에 알려지면서 새롭게 유입되는 신도들이 크게 감소했다는 사실이다. 이단 종교에서 신도는 곧 재산상 이익을 의미한다. 따라서 유입되는 신도가 줄어들면 자금력이 약해지면서 이단 종교도 자연스럽게 소멸한다. 그래서 새로운 신도가 들어가는 것을 차단하는 게 매우 중요하다.

특히 〈그것이 알고 싶다〉에서는 이례적으로 3부에 걸친 방영을 통해 이단 종교의 민낯을 적나라하게 밝혀 시청자들에게 큰 충격을 주었다. 당시 방송을 세심하게 잘 제작해준 장경주 PD 등 〈그것이 알고 싶다〉 팀에 이 기회를 빌려 다시 한번 감사드린다. 같은 내용이라도 연출력에 따라 시청자들의 많은 관심을 받을 수도 있고 그냥 기억 너머로 바로 사라질 수도 있었다.

그 후에도 경기남부경찰청 국제범죄수사대 수사관들을 피지로 수차례 파견하였다. 또한 피지 경찰관들도 한국에 방문하여 은혜로교회 사건에 대한 자료를 공유하고 공조 방안을 논의하기도 했다. 하지만 예상했던 것처럼 피지의 정권이 바뀌지 않는 한 이 사건이 해결되기는 쉽지 않다. 다행히도 최근 피지 정권이 교체되었고 은혜로교회에 대한 조사가 착수되었다는 외신 보도가 있었다. 앞으로 이 사건이 어떻게 진행될지 지켜봐야겠다.

한국판 콘에어 작전, 필리핀 단체 송환

농담이 현실로

해외여행이 자유롭지 않았던 시절, 우리나라의 범죄자들이 주로 도피하던 국가는 미국이었다. 그때는 외국으로 나가는 게 일부 특권층에게만 가능한 일이었기에 미국으로 도망가던 범죄자들은 대부분 거액의 경제사범들이 많았다. 중국도 중요한 도피처 중 하나이다. 중국에는 한국인이 많이 거주하고 중국인과 한국인의 모습을 구분하기 힘들다. 또한 한국 문화와 한국 음식을 즐길 수 있다는 점 등에서 전통적으로 주요 도피처로 선호되었다.

동남아에서는 필리핀이 가장 선호되는 국가이다. 필리핀은 한국에서 가까운 거리, 저렴한 물가, 쉬운 총기 구매, 많은 섬나라로 이루어진 휴양지, 간단한 영어로 의사소통이 가능하다는 점 때문에 한국 범죄자들이 선호하는 도피처이다. 그러한 이유로 한국인과 관련된 강력사건 등 여러 사건도 많이 발생했다. 따라서 범죄자들의 검거와 송환을 전담하는 코리안 데스크도 다수 파견되어 있다.

인터폴계에서 기피하는 업무 중 하나가 바로 필리핀 담당 업무이다. 필리핀 담당은 많은 사건 사고를 정리해서 보고해야 한다. 수많은 도피 범죄자 업무와 수배 조회 등 코리안 데스크의 요청에도 일일이 회신을 해야 한다. 인터폴계 직원들이 필리핀 담당에게 주로 했던 농담 중 하나가 "영화 〈콘에어〉처럼 우리도 필리핀 수용소에 있는 범죄자들을 비행기 한 대에 가득 싣고 한번 송환하죠"라는 것이었다. 그때만 해도 몰랐다. 범죄자들을 단체로 비행기로 싣고 오는 게 이렇게 힘들 줄은……

필리핀 코리안 데스크의 범죄자 추적 및 검거 활동으로 필리핀으로 도피한 범죄자들이 많이 잡혔다. 검거된 범죄자들은 비쿠탄이라는 지역의 이민청 수용소, 일명 비쿠탄 수용소에 수감되었다. 여기서 수감 생활을 하다가 순차적으로 국내에 송환되는 절차였는데, 언제부터인가 송환이 계속 지체되었다. 지체 원인을 정확히 알 수는 없지만 너무 느린 현지 행정 절차와 이민청 내부 비리 등으로 추측할 뿐이다.

필리핀 비쿠탄 수용소

당시 송환 절차가 진행되는 속도로 보건대 수감 중인 피의자들을 전부 송환하는 데 수년이 걸릴 지경이었다. 범죄 피해를 당한 국내 피해자들을 생각하면 신속한 송환이 필요했다. 물론 송환이 늦어져도 월급은 나온다. 이런 점이 공조직의 가장 큰 장점이자 약점이라고 할 수 있다.

하지만 범죄자들이 피해자가 입은 피해를 보상하고 적절한 처벌을 받아야 하는 게 사회 정의에 부합하는 것 아닌가. 사회 정의가 없어 보이는 일들이 너무 많은 요즘, 나까지 그렇게 살고 싶지는 않았다.

송환이 지연되지 않게 추진하는 것이 우리의 임무라고 생각했다. 결정적으로 현지 코리안 데스크의 활약으로 한국인 보이스 피싱 조직원 20명 이상이 한꺼번에 검거되었다. 이 건으로 송환해야 할 대상자들이 급증했다. 불법이 아닌 한 이떤 수를 동원해서라도 피의자들을 신속하게 송환하고 싶었다.

미국은 영토가 광활하기 때문에 범죄자를 이동시키는 별도의 항공 시스템JPATS이 존재한다. 하늘을 나는 감옥과도 같은 이 시스템은 수형자를 수송한다는 의미에서 '콘에어Convict Airline'라는 별칭으로 불리기도 한다. 1997년 개봉한 영화 〈콘에어〉의 제목으로도 사용되어 많은 사람들에게 익히 알려져 있다. 이런 배경에서 이 국외 도피범 집단 송환은 '한국판 콘에어'라고 불리고 있다. 단체 송환 이후 얼마 후에 실제로 비쿠탄 수용소에 근무하는 직원들 대부분이 교체되는 일이 있었는데 내부 비리가 적발되었기 때문이라는 소문이 돌았다.

필리핀 당국의 확답

약 6개월 정도 단체 송환을 준비했는데 제일 먼저 처리해야 하는 일은 필리핀 이민청(우리로 말하면 출입국관리국)의 확답을 받는 일이었다. 단체 송환을 해주겠다는 확답, 그게 어려우면 최소한 긍정적인 피드백이라도 받아야 했다. 이게 담보되지 않으면 다른 준비 과정은 별다른 의미가 없어진다. 확답을 받기 위해서 나는 필리핀 이민청 실무자들, 담당 과장과 국장, 그리고 이민청을 총괄하는 필리핀 법무부 차관까지 직접 만나 수차례 면담을 진행하였다.

이들을 만나고 확답을 받기까지는 주필리핀 대한민국 대사관 소속의 경찰 주재관과 코리안 데스크들의 역할이 컸다. 사실 필리핀 고위 관계자들을 만나기 앞서 사전에 공감대를 형성해 만남을 조율하고 주선하는 게 더욱 중요하기 때문이다. 이들을 사무실에서도 만나 이야기를 나누었고 이들이 좋아하는 식당을 파악하고 그곳에서 같이 식사도 했다. 그러면서 좀 더 우리에게 호의적인 마음을 갖도록 노력했다.

필리핀 관계자들에게 한국인 범죄자들을 한국에서 알아서 본국으로 데리고 간다는 것은 필리핀 치안 측면에서 이로운 일이라는 점을 어필하였다. 그리고 우리가 진심으로 단체 송환을 원하고 있다는 점을 그대로 보여주었다. 언어가 다르더라도 사람의 진심은 잘 느껴지고 잘 통하기 마련이다.

비행기 구하기부터 난관

필리핀 당국에서 긍정적인 반응을 보였기 때문에 그다음 해

야 할 일은 비행 편을 확보하는 것이었다. 비행기에서 체포영
장을 집행해서 범죄자들을 데려오는 방식이기에 항공기 국적
국이 관할권을 가지는 기국주의에 따라 우리나라 항공기여야
했다.

우리는 자주 이용했던 대형 항공사에 차례로 접촉하여
의사를 타진했으나 모두 하지 않겠다는 답변이 돌아왔다. 항
공사 측에서 거부한 이유는 간단했다. 범죄자들을 단체로 태
우고 오는 것이 항공사 홍보에 부정적인 영향을 미치기 때문
이란다. 설상가상으로 만에 하나 사고라도 발생한다면 치명적
인 이미지 타격을 입을 수 있다는 것이었다.

항공사의 판단이 이해는 갔지만 공짜도 아니고 비용을
지불하겠다는데 하지 않겠다는 답변을 들으니 매우 서운했다.
시간이 가면서 항공편을 구하지 못할까 봐 점점 애가 타들어
갔다. 힘들게 필리핀 당국의 협조를 구해났는데 항공편 확보
에서부터 난관에 봉착할 줄은 몰랐다. 저비용 항공사에도 접
촉을 했는데 여기서도 거절의 의사를 표하자 거의 '멘탈이 붕
괴'되었다.

이제 몇 개 남지 않은 국내 항공사의 답변을 기다리고만
있을 수 없었다. 그래서 궁여지책으로 생각해낸 것이 군용기

였다. 군 측에 알아봤더니 군용기에 민간인이 탑승하는 것은 천재지변 등 극히 예외적인 경우에만 가능하다는 답변을 받았다.

점점 초조해지는 가운데 몇 개 남지 않은 항공사에 가능 여부를 계속 타진했다. 그렇게 애타는 시간을 보내던 중 극적으로 제주 항공에서 긍정적인 답변이 왔다. 항공편을 확보하고 나니 한숨이 절로 나왔다. "휴, 이제야 겨우 항공기를 잡았는데…… 참 어렵네."

벌써 느껴지는 피로감을 이루 말로 할 수 없었다. 앞으로 얼마나 많은 난관이 있을까 생각하니 앞이 캄캄했다. 일을 진행하는 매 단계마다 유관 기관에서 어렵다 또는 안 된다 하는 한결같은 반응을 보였다. 그 이유는 단지 '전례가 없기 때문'이었다. 수많은 부정적인 반응과 비협조를 마주하면서 지쳐갔다. "그냥 모른 척하고 있을 걸, 괜히 시작했나?" 하는 생각까지 들었다.

그때마다 힘들었지만 성공적인 결과가 있었던 경험을 떠올렸다. 나는 대학생 때 중앙대학교 보디빌딩부(전 역도부)에 가입하여 운동을 시작했다. 운동을 열심히 하면서 담당 교수이자 보디빌딩협회 이사였던 이석인 교수의 눈에 띄어 크고 작은 시합을 나가기 시작했다. 운동 전공자들도 입상이 어려운 전국 대학생 보디빌딩 대회(1996년 Mr. University 라이트급)에서 우승을 했다. 통상 이 대회에서 우승한 선수들이 몇 년 후에 미스터 코리아 대회에서 입상하고 우리나라 국가대표가 된다. 훌륭한 지도자 밑에서 좋은 가르침을 받은 덕이 컸지만, 비전공자로서 전공자를 넘어 수상했던 경력은 내 인생의 자부심 중 하나다.

이 경험은 30년이 넘는 기간 운동을 계속하게 하는 원동력이 되어주었다. 학업과 운동을 병행하는 것도 힘이 들었지만, 운동은 좋아서 하는 것이기에 크게 어렵지는 않았다. 하지만 매일 닭 한 마리와 삶은 계란 10개를 도시락으로 싸 다니며 체육관에서 먹는 것은 쉽지 않은 일이었다. 그것도 수년 동안 계속 그렇게 하는 것은 더욱 그랬다. 하지만 그 어려움을 잘 이겨낸 덕분에 전국대회 1위라는 영광을 얻을 수 있었다. 노력과 준비의 기간이 있어야 성과가 나오는 법임을 이때 체득한 것 같다. 인생의 많은 어려움을 닭고기와 달걀을 먹듯이, 꾸준히 그리고 묵묵히 견디며 이겨냈다. 이번 일도 그냥 퍽퍽한 인고의 시간일 뿐이다.

억 소리 나는 전세기 비용

전세기 송환을 준비하면서 가장 많이 받았던 질문이 바로 "전세기 빌리는 데 얼마예요?"이다. 186명이 탑승 가능한 전세기를 대여해서 오전에 필리핀으로 출국하고 오후에 귀국하는 하루 일정의 비용은 2017년 당시 기준 8천만 원이었다. 전세기 계약을 하고 9월경 항공료를 완납했다. 여기서 웃지 못할 일이 생기는데, 막상 항공비를 결제하려고 하니 8천만 원이 아니라 8천 8백만 원이었다. 미처 부가세를 생각하지 못했던 것이다.

연말이 다가오는 시점이라 각 부서에 예산이 넉넉하지 못해서 자금을 구하는 게 쉽지 않았다. 이리저리 뛰어다닌 끝에 어렵게 8백만 원을 구해서 결제를 무사히 마쳤다. 항공료를 완납한 이후부터 스트레스가 극에 달했다. 단체 송환이 제대로 성사되지 못하면 정부 예산 거의 9천만 원을 날려버리게 되는 셈이었다. 퇴근 후 귀가해서 전세기 송환을 생각하면서 잠이 들었고 아침에도 전세기 송환을 생각하면서 잠에서 깨곤 했다.

출국 비행기를 탑승할 때부터 귀국해서 호송관들이 각

수사관서로 복귀할 때까지 전 과정을 상상하며 머릿속에서 수없이 시뮬레이션을 반복했다. 꿈도 전세기 송환 꿈만 꾸었다. 꿈에서 전세기를 타고 필리핀에 도착했더니 송환 대상자가 5명 정도만 기다리고 있어서 놀라 꿈에서 깨는 식이었다. 가족들한테도 구체적인 이야기를 할 수 없으니 혼자서 스트레스를 많이 받았다.

동아일보 1면 헤드라인

수개월에 걸친 노력이 결실을 맺을 즈음인 2017년 11월 28일, 다음 날 동아일보에서 필리핀 단체 송환을 1면 헤드라인으로 잡는다는 소식을 들었다. 처음 준비할 때부터 보안에 유의했지만 모든 걸 숨길 수는 없는 노릇이다. 이 내용이 알려지면 비쿠탄 수용소에 있는 수감자들이 동요하는 등 자칫 준비했던 일들이 수포로 돌아갈 수도 있었다. 혹시 우리 쪽에서 정보가 새어나간 것이라면 더 난처한 일이 생길 수도 있었다.

평소 알고 지내던 대학 선배가 동아일보사에서 부장으로 근무하고 있다는 사실이 머리에 스쳐 무작정 선배를 찾아가 보안상 이유로 기사를 내지 않을 수 없냐고 간곡하게 부탁을 했다. 그 선배는 "내가 사회부장이 아니라 결정할 수는 없지만 한번 알아볼게"라고 했지만, 이미 내일 지면이 정해졌기 때문에 뺄 수 없다는 답변을 전해 들었다. '어차피 이렇게 된 거 힘차게 밀고 나가야겠다.' 마음을 굳게 먹었다.

다음 날 동아일보 1면에 대문짝만 하게 필리핀 단체 송환에 대한 기사가 나왔다. 기사 내용을 보니 우리가 추진했던 부분과 다른 내용이 많았다. 우리 경찰 쪽에서 정보가 유출된 것은 아니고 필리핀 현지에서 흘러나온 것으로 보였다. 작전이 성공한 뒤 돌이켜보니, 경찰 업무 중에서 긍정적인 일로 주요 일간지 헤드라인 기사가 나온 경우를 거의 본 적이 없는 것 같은데, 보안을 이유로 숨기지만 말고 좀 더 적극적인 언론 홍보로 활용했으면 어땠을까 하는 간사한 아쉬움도 든다.

막판 준비

단체 송환 D-day는 2017년 12월 14일이었다. 디데이가 다가옴에 따라 출입국 관리 사무소, 인천공항 공사, 항공사 등 유관 기관과 회의가 늘어갔다. 관련 정보를 공유하고 서로의 입장 차이를 조율해가는 과정이었다. 가장 중요한 것 중 하나가 호송관 교육이었다. 기본적으로 호송관들은 범죄자들의 수사를 담당하는 수사관들로, 전국 경찰관서 120명의 경찰관들이 모였기 때문에 업무 이해도에 대한 편차가 컸다. 소속과 담당 업무가 다양해서 일사불란하게 움직이기가 쉽지 않았다. 호송관들을 대상으로 단체 송환의 개요부터 호송 시 유의 사항 등 교육을 통해서 공통적인 내용 숙지에 집중했다.

단체 송환을 하면서 가장 우려되었던 부분은 돌발 변수이다. 그 대표적인 사례가 위급 환자가 생기는 경우이다. 수행 과정에서 사람이 죽거나 크게 다치는 사고 리스크를 줄이기 위해서 의료진을 탑승시키기로 했다. 일반 병원 의료진도 있지만 경찰에는 경찰병원이 있기 때문에 경찰병원 측과 협의해 경찰병원 소속 의사와 간호사 1명씩을 전세기에 탑승시켜 위급 상황에 대비하기로 했다.

공항에서 통상 비행기가 내리는 입국장이 여러 곳 있다. 우리는 범죄자를 데리고 입국하기 때문에 법무부 출입국 관리 사무소 재심실에서 조사를 받아야 했다. 사전에 범죄자들에 대한 정보를 출입국 당국에 제공하여 필요한 서류를 미리 작성할 수 있도록 협조 요청을 해놓았다. 신속한 절차 진행을 위해 입국심사실 및 재심실과 가까운 거리에 있는 입국장으

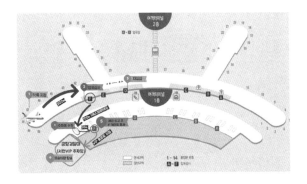

인천공항 내 동선

로 지정받았다. 경찰특공대도 배치했다. 만일의 불상사에 대비하고, 작전 이전부터 1면에 보도될 정도로 언론의 관심도 있었기에 여러 측면을 고려한 결정이었다.

필리핀 당국과 협의하여 전세기가 마닐라에 도착한 후 입국 절차 없이 범죄자들을 인수받아 그대로 인천으로 귀국하기로 했다. 전세기가 오전 6시 35분에 인천에서 출발해서 범죄자들을 인계받아 인천으로 귀국하는 일정이었는데, 인천공항 도착 예정 시간은 오후 4시경이었다. 시간상 호송관과 범죄자들 모두에게 점심 식사를 주어야 했다. 범죄자들에게 포크와 나이프를 지급할 경우 자해를 하거나 호송관을 공격하는 등의 위험성이 있어서 손으로 먹을 수 있는 샌드위치를 준비하기로 했다. 단체 송환 후 한 언론사에서는 범죄자 양옆에 호송관이 앉은 모습과 점심 식사로 샌드위치 준 것을 보고 단체 송환을 '샌드위치 송환'이라고 부르기도 했다.

D-Day

디데이 전날까지 사무실에서 직원들과 밤늦도록 준비 물품 등을 점검했다. 자정이 다 되어서 사무실 근처 직원 집에서 두 시간 정도 잠깐 눈을 붙이고 일어나서 인천공항으로 출발했다. 인천공항으로 이동할 때도 혹시 교통사고가 날 수도 있으니 1팀은 외사수사과장과 직원들, 2팀은 나와 직원들로 나누어서 이동했다. 만약에 한 팀이 교통사고가 나더라도 다른 한 팀이 단체 송환을 마무리할 수 있다는 계산에서였다.

새벽 4시 전에 공항에 도착한 우리들은 호송관 인원을 점검하고 무전기 등 필요 물품을 배부했다. 그리고 호송관들에게 다시 한번 유의 사항을 전달하였다. 호송단을 효율적으로 지휘하기 위해 총 8개 팀으로 나누었다. 각 팀에는 팀장(경감)과 예비 인원 2명을 지정하였다. 예비 인원들은 범죄자들이 소란을 피우거나 이상 행동을 할 때 담당 호송관을 도와주는 역할이었다. 각 호송팀 간 연락은 팀장들이 경찰 무전기를 통

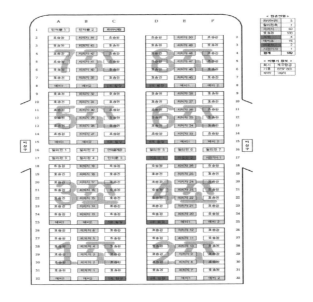

기내 좌석 배치도

해서 하기로 했다.

　기내에서는 팀별로 자리를 배치하였는데 비상구 쪽은 혹시 범죄자들이 문을 개방하는 일이 없도록 인터폴계 직원들과 의료진 등을 배치하였다. 2023년 항공기에서 탑승객이 비상구를 개방해서 문제가 된 사건이 있었는데, 이 뉴스를 보자 단체 송환 당시 비상구 쪽에 진행 요원들을 배치한 것이 참 잘한 판단이었다는 생각이 들었다.

　긴장되는 마음으로 호송관들의 인원, 복장, 수갑 등 장비를 최종 점검하고 비행기에 탑승했다. 필리핀으로 가는 비행기에서는 새벽 일찍부터 출발한 호송관들이 피곤함에 대부분 잠에 들었다. 오랜 시간 함께 이 송환을 준비해왔던 인터폴계 직원들이 지쳐서 거의 실신 상태로 자고 있는 모습을 보니 마음이 안타까웠다. 나는 앞으로 진행될 절차를 머릿속에 그리면서 혹시 발생할 수 있는 사고들과 대처 방법을 점검하느라 잠을 자거나 쉴 수 없었다.

기내에서는 마이크를 통해 호송관들에게 유의 사항을 교양하였다. 승무원이 아니면서 비행기 내 마이크를 잡아보는 흔치 않은 경험이었다. 약 네 시간 정도의 비행 후, 마닐라 니노이 아키노 국제공항에 도착했다. 호송관들은 입국 절차 없이 대기실에서 신병을 인수하기 위해서 대기하고 있었다. 멀리서 우리를 기다리는 필리핀 이민청 호송 차량, 경찰 주재관, 필리핀 코리안 데스크들의 모습이 보였다. 그들을 본 순간 '아! 이제 거의 다 끝나가는구나'라는 생각에 안도가 되었다. 예상했던 것보다 범죄자들 인계가 늦어졌다. 호송관들의 대기 시간이 길어져서 화장실을 다녀오도록 했는데 너무 많은 인원이 한꺼번에 화장실에 갔다. '지금 신병 인계를 하면 안 되는데' 하는 불안한 느낌이 든 순간, 왜 불안감은 언제나 적중

하는 것일까. 신병 인계가 시작되었다.

호송관들을 재빨리 다시 소집을 했는데, 필리핀 체류 시간이 거의 없기에 호송관들이 휴대폰 로밍을 하지 않았기 때문에 모든 호송관들이 재정비하는 데 시간이 다소 지체되었다.

하지만 큰 지장은 없는 수준이었다. 호송관들이 모두 모이자마자 범죄자들 인계가 시작되었다. 필리핀 이민청 직원들이 예정된 순서에 따라 범죄자들을 데리고 대기실로 오면 우리 송환관들이 인적 사항을 확인 후 인계받는 방식이었다. 사전에 범죄자들과 담당 호송관들에게 임의 번호를 지정했기 때문에 혼란은 없었다. 예를 들어 1번 범죄자가 A씨라면 1번 호송관은 경찰관 B, C 등으로 지정했다. 호송관들은 범죄자를 인계받고 기내로 바로 들어갔다. 총 47명의 범죄자가 송환 대상이었다. 죄종별로 보면 39명이 보이스 피싱 등 사기죄가 대부분이었고 그 외 온라인 도박, 마약, 절도 등이었다.

우리의 요청에 따라 필리핀 이민청에서 범죄자들의 신체 수색을 통해 위험한 물건 소지 여부를 점검했고, 우리 호송관들은 범죄자들을 인계받아 기내에서 한 번 더 신체 수색을 하고 체포영장을 집행하였다. 이동 과정에서 송환에 불만을 품은 범죄자 한두 명이 소리를 지르면서 소란을 피웠다. 호송관들의 제지에 더 이상의 항의는 무의미하고 자신에게 손해라는 것을 깨달았는지 이내 조용해졌다. 범죄자들은 호송관들에게 밉게 보여서 좋을 게 없다. 호송관들이 바로 범죄자들의 사건 담당 수사관이기 때문이다.

비행기 내에서 범죄자들이 화장실을 갈 때는 호송관들이 동행하도록 했다. 범죄자가 화장실을 이용할 때는 문을 닫기는 하되 안에서 잠그지 않고 이용하게 했다. 만약에 화장실 안에서 문을 잠글 경우 승무원을 통해 개방할 수 있도록 대비했다. 기내 화장실은 안에서 잠그더라도 비상 상황이 발생하면 승무원이 밖에서 열 수 있다는 사실도 단체 송환을 준비하면서 알게 되었다.

비행기가 이륙한 지 약 네 시간 만에 인천공항에 무사히 도착했다. 유관 기관과 사전에 협의한 대로 입국 절차를 신속하게 진행했다. 모든 입국 절차를 마쳤을 때 많은 언론사에서 취재를 나와 있다는 이야기를 들었다. 게이트 밖으로 나가기 전에 호송관들과 범죄자들의 대열을 정렬했다. 게이트가 살짝 열렸을 때 수많은 취재진을 보고 깜짝 놀랐다. '이렇게 많은 사람이 취재를 하다니!' 당황한 기색을 숨기며 당당하게 앞으로 나아갔다. 몇 분 되지 않는 그 시간이 너무나 자랑스럽고 뿌듯했다. 인천공항에서 송환 모습이 YTN에서 실시간 생중계가 되었다고 했다. 언론에서 경찰 업무를 생중계하는 일이 흔치 않기에 칭찬을 받는 듯한 기분이 들어 가슴이 벅찼다.

단체 송환을 추진했던 해인 2017년도는 개인적으로 손위 처남, 장모님, 아버지 이렇게 가족 세 명이 5월, 9월, 11월에 차례로 돌아가신 해이다. 한 번도 힘든 가족상을 세 번이나 치르고 필리핀 전세기 송환을 준비하면서 많이 힘이 들었었다. 누구에게도 속에 있는 말을 하지 못하고 혼자서 마음고생을 많이 했다. 전세기 송환이 성공적으로 완성되어가는 시점, 다시 말해 필리핀에서 한국으로 돌아오는 비행기 안에서 창밖을 보았다. 너무나도 맑은 하늘을 보면서 어려운 일을 끝냈다는 안도감과 함께 돌아가신 세 분의 모습이 떠올랐다. '살아계셨으면 오늘의 내 모습을 보시고 자랑스러워하시고 참 좋아하셨을 텐데.' 그리움에 눈시울이 붉어졌다. 비행기를 타고 있을 때가 하늘에 계신 가족들과 가장 가까이 있었던 셈이었다. '부디 하늘에서 편하게 잘 지내세요.' 다시 한번 가족들의 명복을 빌었다. 아이러니하게도 2017년은 경찰 생활에서 중요한 성과를 내었던 해였기도 하지만 가족 3명이 운명을 달리했던 슬픔이 가득한 해였다. 되돌아보면 여러 면에서 참 어렵게 완성된 단체 송환이었다.

필리핀 단체 송환이 경찰 내부에서 높게 평가받은 이유는 일방적인 지시에 의해 추진된 일이 아니라 실무 직원들이 합심해서 일을 시작했고 성공적으로 완수했다는 점에서였다. 처음에 단체 송환을 추진하겠다고 보고했을 때 상사들은 실패했을 경우의 리스크를 먼저 걱정하였다. 실제 성사 가능성도 낮게 평가했다. 그냥 열정적인 시도 정도로 보았던 것 같다. 단체 송환 성사 후에 조금 황당한 이야기를 들었다. 필리핀 단체 송환이 좋은 성과라고 생각해서 그런지 자신이 아이디어를 냈고 단체 송환 추진에 큰 도움을 주었다고 말하고 다니는 사람들이 있다는 것이다. 본인들이 기여한 게 전혀 없음에도 그렇게 말을 하고 다니는 사람이 있다는 것은 그만큼 성공적인 작전이었기 때문이라고 생각한다. 그래서 그런 사람들이 크게 밉지는 않고 귀여운 정도다. 필리핀 단체 송환은 내가 주축이 되어 인터폴계 직원들과 필리핀에 근무했던 경찰 주재관과 코리안 데스크의 노력이 바탕이 되었고 믿고 응원해주신 분들, 당시 상사였던 임병호 외사수사과장과 이주민 외사국장의 지지 덕분이었다.

바다까지 간다!
러시아 블라디보스토크 선박 송환

송환 업무의 화룡점정

필리핀 단체 송환을 마치고 직원들끼리 농담 삼아 "앞으로 배로 송환하는 일이 생긴다면 이제 할 수 있는 송환은 다 해보는 거다"라고 말하곤 했다. 사실 실무적으로 선박 송환이라는 게 현실적이지 않다. 선박으로 이동하는 데는 비행기보다 시간도 오래 걸리고 피의자 관리도 어려워, 그만큼 리스크가 크기 때문에 굳이 선박으로 범죄자를 호송하지는 않는다. 비행기의 경우 호송관들이 범죄자를 데리고 일단 탑승하기만 하면 비행기가 추락하지 않는 한 어디로 도망갈 곳도 없다. 반면에 선박은 선내에서 활동이 비행기보다 비교적 자유로워 관리가 어렵다. 특히 범죄자가 갑판에서 바다로 뛰어내릴 수 있기 때문에 송환 업무 수행에 위험성이 높다.

일반적인 상황에서는 필요성이 거의 없지만 러시아와 우크라이나 전쟁으로 인한 특수 상황에 따라 선박 송환을 재검토하게 되었다. 코로나19와 러시아-우크라이나 전쟁으로 러시아로 가는 항공편과 선박편이 모두 중단된 상황에서 급히 송환해야 할 범죄자들이 생기게 된 것이다. 때마침 코로나19 상황이 나아짐에 따라 선박편만 운항이 재개되어 선박 송환 추진 계획이 급물살을 타게 됐다.

선박 송환이라는 게 실무적으로도 어려울뿐더러 흔치 않은 업무이기 때문에 이제 하다하다 선박까지 하는구나 하는 생각이 들면서, 나도 이제 인터폴을 떠날 날이 머지않았음을 느꼈다. 용의 그림을 그릴 때 마지막으로 눈동자를 그린다는 의미의 사자성어 화룡점정畵龍點睛이라는 말이 있다. 가장 중요한 부분을 마치어 일을 마무리한다는 뜻이다. 내가 그동안 해왔던 범죄자 송환 업무의 화룡점정이 바로 선박 송환인 것은 아닐까?

송환할 대상자는 스톨트그린란드STOLT GROENLAND호 폭발 사건의 피의자인 러시아 국적의 '세르게이 ○○'였다. 세르게이는 경상남도 울산시 염포 부두에 정박한 스톨트그린란드호의 1등항해사였다. 폭발 당시 엄청난 굉음과 함께 화염이 울산대교보다 높이 솟아올랐고, 연기는 수백 미터까지 솟아 울산 전역에서 목격될 정도였다. 사고 현장에는 6,583톤급 싱가포르 선적 석유제품 운반선이 정박해 있었고, 알코올 계통의 화학 물질을 옮겨 실을 준비 작업 중에 폭발과 함께 화재가 발생한 것이었다.

세르게이는 선장 다음으로 안전 관리를 책임지는 일등항해사였다. 그에게는 적재된 화물 탱크의 온도, 압력, 수위 변화 등을 관리하여 화물이 안전하게 보관 운송되고 있는지 확인할 업무상 의무가 있었지만 이를 소홀히 했다. 화물탱크의 온도는 이미 화재 발생 닷새 전부터 상승하기 시작해 세르게이가 배에서 내릴 때에는 50도를 넘었다. 이 사고로 250명이 부상을 입고 약 700억 원의 손실이 발생하였다. 불은 18시간 30분 만에 꺼졌지만 배는 모두 타버렸다. 언론에 보도되었던 폭발 모습이 당시의 심각했던 현장을 잘 보여주었다. 그나마 다행인 것은 죽은 사람이 없다는 점, 사고 당일 비가 내렸던 덕에 사고가 더 커지지 않을 수 있었던 점이다.

사고 직후 울산해양경찰서에서 수사를 진행하였고, 영국 해양 사고 조사국에서 조사까지 마친 후 피의자에 대한 체포영장이 발부되었다. 피의자는 본국으로 도망간 후였다. 피의자 검거를 위해 경찰청에 국제공조 요청이 접수되었지만 피의자가 러시아 국적자이기 때문에 러시아 정부에 피의자의 강제송환을 요청하는 것은 그다지 유효한 수단은 아니었다. 국가는 자국민을 보호할 의무도 있기 때문이다. 다른 나라에서 범죄를 저지른 범죄자라 할지라도 자국민을 송환해주는 일은 흔하지 않다.

따라서 우리도 다른 방식으로 접근했다. 인터폴계 러시아 담당은 피의자 세르게이를 추적하는 과정에서 전화번호와 SNS 정보를 입수했고, 이때부터 밤낮으로 세르게이에게 연락을 하면서 자수를 권유했다. 몇 년 동안 이를 거부하던 세르게이가 갑자기 자수를 고민하게 됐는데, 가장 큰 이유는 경제적 어려움이었다. 고액 연봉을 받는 일등항해사였던 그는 이 사고로 직장에서 해고되었는데, 인터폴 적색수배로 인해 새롭게 취업도 할 수 없어 경제적 어려움을 겪었다고 한다. 러시아 담당은 세르게이의 마음이 언제 어떻게 바뀔지 몰라 영상통화까지 했다. 고의범이 아닌 과실범이라는 점, 사망자가 없다는 점 등으로 세르게이를 설득했고 그는 결국 한국으로 와 자수하기로 결심했다.

일타쌍피

이 사건 자체가 해양경찰청 사건이고 선박 관련 절차는 해경에서 담당하고 있기 때문에 해양경찰과 협의에 들어갔다. 해양경찰은 업무 특성상 해외에서 범죄자를 송환하는 업무가 거의 없다. 당연히 선박 송환도 처음이었다. 우리는 해양경찰청과 처음부터 차근차근 협의를 진행해나갔는데 해양경찰청의 적극적인 협력으로 원활하게 준비를 할 수 있었다.

처음에는 자수한 세르게이 송환만을 위해 선박 송환을 진행하였는데, 다른 사건의 피의자가 현지에서 체포되어 같이 추진하게 되었다. 이 피의자는 조선족 김 모 씨로, 러시아에서 들여올 예정인 70톤 상당의 킹크랩 중 일부를 시가보다 싸게 주겠다고 속여 약 5억 원을 받아 가로챈 혐의였다. 수사관서로부터 국제공조 요청을 받고 인터폴 적색수배를 발부받음과 동시에 러시아 인터폴에 국제공조 요청을 보냈다. 공조 요청을 한 바로 다음 달에 러시아 인터폴에서 '김 씨가 항공편으로 블라디보스토크에서 모스크바로 이동하고 있고 곧 검거하겠다'는 메시지를 긴급하게 보내주었다. 이와 함께 대상자를 정확하게 확인할 수 있는 정보 제공을 요청하였고, 우리는 김 씨의 지문과 사진 자료를 제공했다. 러시아 경찰은 우리가 제공한 자료를 통해 신분을 확인하고 대상자를 체포할 수 있었다. 신속한 공조 요청이 빛을 발한 순간이었다.

우리가 송환에 이용할 선박은 동해에서 러시아 블라디보스토크까지 운항하는 (주)두원상선의 이스턴드림호였다. 이스턴드림호는 11,478톤급 여객선으로 정원은 530명이고 동해와 블라디보스토크를 주 1회 왕복하였다. 코로나19로 한동안 운행이 중단되었다가 그 무렵 막 운항이 재개된 참이었다. 선박 송환에 앞서 우선 법적인 검토가 필요했다. 아무리 피의자를 국내로 데려왔더라도 사법절차에 법률 위반이 있으면 최악의 경우 범죄자가 무죄판결을 받을 수도 있다.

선박의 경우 세금 등 경비 절감을 목적으로 배의 국적이라 할 수 있는 선적을 다른 나라로 옮기는데, 주로 남미로 이전하는 경우가 많았다. 이스턴드림호도 파나마 국적 선박이기 때문에 공해상의 선박과 항공기는 국적을 가진 국가의 관할권에 속한다는 기국주의를 적용할 수 없었다. 선박 안에서 피의자를 체포할 수 없으면 당연히 송환하기도 어렵다. 기국주의가 아닌 다른 법 규정이 필요했다. 그것은 바로 해양법에 관한 유엔 협약이었다. 외국 영해를 단순 통항하는 외국 선박 내에서 통항 중에 발생한 범죄와 관련해 사람을 체포하거나 수사하기 위한 형사 관할권은 원칙적으로는 행사가 불가하지만 예외로 인정되는 특수한 경우를 규정한 조항을 발견한 것이다. 우리나라가 가입한 협약은 법률과 같은 효력이 있다. UN 해양법 협약에 근거하여 우리는 선박 송환을 합법적으로 추진할 수 있었고, 해양경찰청에서 법적 검토까지 마쳐주었다.

그다음으로 이스턴드림호가 범죄인 송환에 적합한지 점검이 필요했다. 부족하다면 무엇을 보완할 것인지도 찾아야 했다. 해양경찰청 경찰관들과 함께 선사 관계자들의 협조에 따라 이스턴드림호에 사전 답사를 진행했다. 선내에 보관 중인 수갑과 안전 장구 등 송환을 위한 필요 장비를 확인하고, 호송관들과 피의자들이 같이 머물 선실을 점검하여 자해나 공격 위험이 있는 물건을 사전에 제거하는 등 선박 송환을 대비해나갔다.

예상보다 어려운 선상

출국은 8월 26일 17시에 동해에서 출발하여 27일 17시에 블라디보스토크에 도착, 귀국은 8월 30일 15시에 현지에서 출발하여 31일 15시에 동해에 도착하는 일정이었다. 일주일에 한 번인 선박 운행 일정에 맞추다 보니 현지에서 며칠 체류할 수밖에 없었다. 체류하는 동안 현지 사법당국의 송환 협력에 감사를 전하고 국제공조 관련 양국 현안 업무를 협의하기로 했다. 러시아와 국제공조할 기회가 많지 않았기 때문에 협력 기반을 마련할 수 있는 좋은 기회였다.

호송관은 경찰청에서는 나와 담당자로 2명, 해양경찰청 외사관리계장 등 6명, 법무부 3명 등 총 11명이었다. 나는 예전에 기동대장으로 근무할 때 강정마을 해군기지 건설 관련 집회로 제주도에 지원 근무를 간 적이 있었다. 목포에서 제주까지 선박을 이용하여 이동한 적이 여러 번 있었지만 뱃멀미를 하지는 않았기에, 특별히 멀미약을 먹거나 뱃멀비에 대비하지는 않았다. 그런데 막상 배를 타고 우리나라 해역을 지나서 큰 바다로 가니 배가 생각보다 많이 흔들렸다.

얼마 지나지 않아 멀미가 나기 시작했다. 뱃멀미가 날 때는 누워 있어야 한다는 해경들의 조언에 따라 침대에 누워 있었는데, 진정되는 느낌도 잠시뿐, 멀미가 점점 심해졌다. 맑은 공기를 쐬면 나아질 거라는 생각으로 갑판 위로 올라갔다. 갑판 위에서는 사람들이 담배를 피우고 있어 속이 더 안 좋아졌다. 카페로 가서 쉬는 게 낫겠다는 생각에 내려갔더니 음식과 향신료의 냄새로 속이 더욱 울렁거렸다. 바로 선실 화장실로 달려가서 구토를 했다. 조금만 늦었어도 선실에 실수를 할 뻔했다. 몇 번 더 구토를 하고 내가 해경이 아닌 게 다행이라는 생각을 하며 선실에 다시 누웠다.

꼬박 하루가 걸려 러시아 블라디보스토크에 도착했다. 블라디보스토크 항구에는 우리와 인터폴 공조 업무를 해왔던 블라디보스토크 인터폴 지부장이 우리를 맞아주었다. 블라디보스토크뿐만 아니라 러시아 다른 지역에서 발생한 사건도 상세히 알려주며 적극적으로 공조해주었던 고마운 친구다. 우리도 그를 한국 경찰청에 두 번 초청해서 관계를 돈독하게 하였다. 이 친구가 한국에 와서 식사를 같이 할 때마다 가방에서 보드카를 꺼내어 마시곤 했던 모습이 기억에 생생하다.

8월 30일 오후, 러시아 관계자들로부터 피의자의 신병을 인수하면서 우리의 업무가 본격적으로 시작되었다. 해양경찰청에서는 세르게이에 대한 호송을, 법무부에서는 김 씨에 대한 호송을 전담하였다. 경찰청 소속인 우리는 바로 옆 격리 선실에서 두 호송 기관을 지원하는 업무를 담당했다. 격리 선실은 원래 강제 추방하는 외국인을 격리하는 시설이다. 안에는 화장실이 있고 밖에서 문을 잠글 수 있게 되어 있다. 경찰청, 해경청, 법무부 3개 기관에서 합의하여 호송 중 범죄자 도망 등의 변수를 최소화하기 위해 호송관들과 범죄자를 격리 선실에 넣고 밖에서 문을 잠그기로 했다. 경찰청의 임무는 호송관들이 식사 때나 필요한 용무가 있을 때 밖에서 문을 열어주고 비상시 지원하는 것이었다. 식사 때 식기류는 흉기로 사용될 수 있기 때문에 플라스틱 제품을 사용하였다.

여객선이 바다로 나가면 휴대폰이 작동되지 않기 때문에 배 안에서는 해양경찰청에서 사용하는 무전기를 이용하여 연락하였다. 혹시 피의자나 호송관이 위급 상황일 경우 선장이나 기관사 등 선내 지정된 의료 관리자를 통해 우선 현장에서 응급조치로 대비하기로 했다. 응급조치로도 해결 못 할 긴박한 경우에는 인근에 있는 해경 긴급 헬기를 통해 긴급 호송을 요청하기로 했다. 다행히 긴급한 상황은 없었다.

귀국 선상

귀국하는 선상에서 바라본 바다는 정말 아름다웠다. 피의자들을 태우고 있다 보니 긴장이 되어 멀미 기운이 가셔서 그런지

노을 지는 바다도 눈에 들어왔다. 혹시나 무슨 일이라도 생길까 노심초사하면서 뜬눈으로 밤을 보내고, 긴장되었던 24시간이 지나 무사히 동해로 귀국했다. 배에서 내릴 때 계단이 가파르고 흔들려서 자칫 넘어질 수 있는 구조였다. 호송관들은 짐도 있고 범죄자를 데리고 와야 했기 때문에 조심해서 이동할 것을 당부했다. 마지막까지 다친 사람이 없어야 성공이다.

모두 무사히 내려 입국 절차를 마치고 각 수사관서로 출발했다. 이로써 오랜 기간 준비했던 우리나라 최초의 선박 송환도 성공리에 마무리하게 되었다. 경찰이 탄생한 이래로 처음이었던 필리핀 단체 송환과 러시아 선박 송환을 모두 성공리에 마치고, 나도 어느새 우리나라 최고의 범죄자 송환 전문가로 인정받고 있었다.

해외 보이스 피싱 특별 신고·자수 기간

범죄의 트렌드

20년 이상 경찰 업무를 하면서 범죄에도 '트렌드'가 있다는 것을 체감하곤 하는데, 최근 경제범죄의 트렌드는 비대면 편취 범죄이다. 직접 사람을 만나서 금품을 빼앗는 것보다 비대면으로 남을 속여 재물을 편취하는 범죄이다. 절도나 강도 등 전통적인 범죄는 점차 줄어드는 추세이고, 피해 규모도 상대적으로 적다. 대면 범죄는 비대면 범죄와 비교할 때 조직적이지 않고 즉흥적인 측면이 강하다.

비대면 편취 범죄는 통신 수단 발달과 함께 형성되었고 나날이 발전하는 인터넷 기반 기술로 증가하다가 코로나19로 이동이 제한됨에 따라 더욱 심화되었다. 피해자를 직접 만나지 않기 때문에 범죄자들 입장에서는 자기 모습을 드러내지 않아 발각될 우려가 적다고 생각하여 안정감을 준다. 또한 범죄 행위 자체나 피해자에 대한 죄책감도 줄어들게 된다. 대표적인 범죄 유형으로 로맨스 스캠, 이메일 무역 사기, 사이버 도박, 보이스 피싱 등이 있는데, 이러한 비대면 편취 범죄는 향후에 더욱 기승을 부릴 것으로 전망된다.

　로맨스 스캠은 로맨스romance와 스캠scam의 합성어이다. SNS를 통해서 피해자에게 접근하여 이성적인 호감을 산 후 결혼 등을 빌미로 돈을 갈취하는 범죄이다. 모르는 사람을 SNS로 알게 되어 직접 만나지도 않고 사랑하는 사이가 되어 사기를 당한다는 게 너무 허술해 보이지만 의외로 피해자가 많다. 가장 흔한 방식 중 하나가 '자신은 파병 중인 군인 또는 적십자에서 봉사 중인 의사이며, 은퇴해서 당신과 여생을 보내고 싶다'는 것이다. 로맨스 스캠은 사람의 마음을 빼앗은 후 범행을 하기 때문에 상상할 수 없을 정도의 피해가 발생한다. 나중에 자신이 속았다는 사실을 알게 된 피해자들의 정신적인 충격도 매우 크다. 피해자들은 이렇게 사기를 당했다는 사실에 창피해서 신고조차 하지 못하는 경우도 많은 것을 감안하면 피해 규모 역시 알려진 것보다 훨씬 더 클 것이다.

　이메일 무역 사기는 주로 기업체를 대상으로 하는 사기

범죄이다. 해킹 등을 통해 기업체가 거래하는 상대 기업의 이메일 정보를 확보한 후에 이 이메일과 유사한 이메일로 다른 계좌로 송금을 유도하여 대금을 편취하는 방식이다. 기업 간 거래를 가장하여 사기를 치기 때문에 피해액이 대체로 크다. 특히 특정 글자체에서는 육안으로 거의 인식할 수 없는 비슷한 문자로 주소를 위변조 하여 구분하기가 어렵다.

사이버 도박은 온라인 도박 사이트를 개설하여 회원들이 온라인상에서 도박을 할 수 있도록 하고 수수료 등을 이득으로 취하는 범죄이다. 기존의 오프라인 도박장은 사람들을 모아야 하고 경쟁업체나 돈을 잃은 사람들이 신고를 하기도 해서 경찰의 단속에 많이 걸렸다. 도박장을 여는 사람들 입장에서 이러한 위험을 최소화할 수 있는 것이 바로 사이버 도박장이다. 사이버 도박장은 서버를 해외에 두고 운영하여 단속될 가능성이 낮고, 또한 인터넷만 있으면 도박꾼들이 어디서든지 도박장에 접속할 수 있어서 수익성 측면에서도 오프라인 도박장과 비교할 수 없을 정도로 효율적이다. 도박의 특성상 도박꾼들이 얼마를 가지고 있는 간에 그 돈은 모두 잃게 되어 있다. 결국 도박꾼들의 돈은 전부 불법 사이버 도박 운영자의 돈인 셈이다.

해외 거점 보이스 피싱을
잡아라!

보이스 피싱 범죄는 너무나 많이 알려져 있지만 그 범죄 수법이 점차 지능화되고 있어서 피해가 계속되고 있다. 속았다는 사실을 안 후로는 자괴감과 죄책감 등으로 괴로워하다가 극단적인 선택을 하는 경우도 있어 심각한 사회문제가 되고 있다. 최근에 와서 보이스 피싱에 대한 적극적이고 실효성 있는 대응이 있어 다행이긴 하지만 아직도 갈 길은 멀다.

비대면 편취 범죄들의 공통된 특성은 대부분 범죄자들이 해외에 체류하면서 범죄를 저지른다는 사실이다. 우선 전화나 컴퓨터를 사용하여 범죄를 하기에 외국에서도 범죄를 하는 데 큰 어려움이 없다. 게다가 검거될 가능성이 높은 한국에 굳이 있을 필요가 없다. 보이스 피싱 범죄의 경우도 주범인 총책, 관리책 등 주요 조직원들은 해외에 머물면서 콜센터 운영 등 범행을 지시하고 있다. 국내에서 검거되는 피의자들은 대부분 단순 인출책 등 하부 조직원들이다.

따라서 보이스 피싱 조직 와해를 위해서는 해외에 있는 총책 등 조직의 지휘부를 검거해야 한다. 해외에 거점을 두고 있는 보이스 피싱 조직을 국내에서 검거하기 위해서는 조직 내부에 관한 첩보 입수가 필요하다. 그런데 보이스 피싱 조직 원들은 같은 목적을 가지고 있기 때문에 조직에 관련된 첩보를 입수하기가 쉽지는 않다. 그래서 고민 끝에 보이스 피싱 해외 신고 및 자수 기간 운영을 추진했다.

　해외에 있는 보이스 피싱 조직 관련 첩보를 입수하려면 현지에서 바로 첩보를 받는 게 가장 실효적이다. 범죄를 제보하는 방법이 복잡하고 어려우면 제보하지 않게 마련이다. 최대한 제보도 쉽게, 자수도 쉽게 할 수 있도록 했다. 영화나 드라마에서는 경찰이 범죄자와 격투를 하여 체포하는 모습이 많이 나와서 범죄자의 자수는 별거 아닌 걸로 느끼기 쉽다. 하지만 경찰 입장에서는 범죄자가 스스로 자수하는 게 더 좋다. 경찰의 수사력과 행정력 등을 절약하여 다른 곳에 활용할 수 있는 이점이 있기 때문이다.

　이 계획을 실행하는 데 현실적으로 크게 두 가지의 걸림돌이 있었다. 첫째는 반대를 설득하여 추진 동력을 확보하는 것이었고 둘째는 외국에서 누가 신고와 자수를 받을 것인가의 문제였다. 첫째, 신고 및 자수 기간 운영을 반대하는 사람들이 있다는 게 이해가 가지 않을 수도 있지만 현실적인 제반의 문제가 항상 있게 마련이다. 또한 외교부의 지지도 필요했다. 경찰청과 외교부는 크게 보면 같은 정부 기관이지만 엄밀히는 다른 기관이다. 외교부의 협조를 확보하는 데는 한국 대사관에 근무 중인 경찰 주재관들이 큰 몫을 했다.

두 번째 문제는 외국에서 누가 신고 또는 자수를 접수받아 그 내용을 경찰청에 전달하는가의 문제였다. 외교부는 고유한 업무가 있어서 추가로 업무를 부담하게 하는 것은 현실적으로 어려운 일이었다. 게다가 전문성 측면에서도 적절하지 않다. 이 업무를 전담할 경찰관을 파견해 보내면 간단한 문제이겠지만 파견을 하려면 예산이 필요한데 국가기관 예산은 전년도에 미리 확보해야 금년도에 사용할 수 있는 시스템이다. 즉 작년도에 예산을 신청해서 확보해놓지 않으면 올해는 사용할 예산이 없다는 의미이다.

작년도에 생각하지 못했던 계획이었기 때문에 당연히 예산도 없었다. 그런데 고민하다 보니 묘안이 떠올랐다. 코로나19로 출장이 어려워지면서 해외 출장 예산, 공식 명칭은 국외여비예산이 불용 처리될 상황이었다. 이 예산을 사용하면 되겠다는 생각이었다. 이렇게 예산을 변경하여 사용하는 방식을 예산전용이라고 한다. 예산전용은 남용될 수 있어 일정한 요건하에서만 매우 제한적으로 가능하다. 예산전용도 흔한 일이 아니다 보니 행정적인 업무가 많았다.

결국 남는 예산을 활용하여 보이스 피싱 조직원들이 거점으로 활동하는 국가인 중국, 태국, 베트남, 캄보디아에 2021년 7월부터 12월까지 6개월 동안 경찰관들을 파견했다. 필리핀에는 이미 코리안 데스크가 나가 있어 이들을 활용해서 업무를 추진하였다. 새롭게 단기간으로 파견된 경찰관은 경찰 협력관이라고 불렀는데 이들의 기본 임무는 보이스 피싱 신고 및 자수를 접수하고 그 내용을 경찰청에 보고하는 것이었다. 또한 현지 사법기관과 협력하여 보이스 피싱 조직원들을 검거하고 국내로 송환하는 업무도 맡았다. 외교부와 협의가 잘되어 이들은 현지 한국 대사관에서 근무할 수 있었다. 경찰 협력관들이 대사관 안에서 근무하니 이들의 안전도 어느 정도 확보가 가능했다. 경찰청에서는 이들이 원활하게 보이스 피싱 관련 신고를 받을 수 있도록 신고 접수 전용 휴대전화도 지급했다.

단지 신고와 자수를 홍보하고 권유하는 것만으로는 큰 성과를 얻기가 힘들고 이들에게 무언가 혜택을 주어야 했다. 신고자에게는 '검거 보상금을 최대 1억 원까지 지급한다'는 혜택을, 자수자에게는 '자수로 인한 형 감면과 함께 여권 발급 및 귀국 항공편을 지원하겠다'는 혜택을 제시했다. 물론 이러

〈해외〉 코리안 데스크	〈국내〉 본청 외사국	〈국내〉 수사국
◦ 신고·제보 접수 ◦ 현지 경찰과 공조·검거	◦ 검거 지원 및 송환 협의 ◦ 검거 서류 등 수사관서 통보	◦ 심사위원회 개최 및 지급 ※ 담당 관서에서 별도 지급

한 혜택을 약속하기 전에 경찰청 국가수사본부 및 검찰과 사전 협의가 필수였다. 특히 신고를 통해 불법행위를 적발할 경우 검거보상금을 지급하고 조직이나 조직원 소재지를 제보한 자에게는 가능한 많은 액수를 지급하기로 했다.

이렇게 2021년 8월부터 10월까지 필리핀, 중국, 태국, 베트남, 캄보디아에 보이스 피싱 해외 특별 자수·신고 기간이 최초로 운영되었다. 자수 및 신고에는 무엇보다도 홍보가 중요했기 때문에 홍보 팸플릿을 제작하여 현지 한인회 등에 전파하였고, 현지 대사관과 경찰청 홈페이지 등에도 홍보 자료를 게재하였다. 주요 SNS에도 내용을 게재하여 신고를 독려하였다. 특히 젊은 한국 남성들이 무리 지어 다니고 장기간 현지에 체류하는 경우 범죄 행위와 연관되는 경우가 많다. 보이스 피싱 조직원들이 한국 음식을 먹기 위해 한국 식당을 방문할 수밖에 없기에 이러한 점들이 중요 착안 사항이었다. 10월까지

홍보 팸플릿

예정된 기간을 2개월 연장하여 12월 말까지 총 5개월간 운영하였는데, 최초로 운영된 보이스 피싱 해외 특별 자수·신고 기간으로 자수 49명, 신고로 인한 검거 34명 등 총 83명을 검거하는 성과를 거두었다.

처음 운영하는 것을 감안하면 매우 좋은 성과였다. 운영하지 않았다면 83명을 검거할 수도 없었을 것이다. 무엇이든지 간에 처음 시작이 어렵지 한번 시작하면 그냥 정해진 대로 쭉 가게 마련이다. 이런 성과가 인정받아 2022년부터는 정기제도가 되어 안정적으로 시행되게 되었다. 물론 예산도 확보되어 매년 사용 가능하게 되었다.

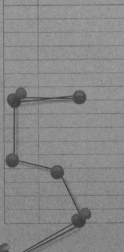

Part5.

DATE: ORIGINAT

SUBJECT:

DATE

뛰어봐야
벼룩

육류 가공을 빙자한 전문 사기꾼

저품질 육류로
투자자를 유혹하다

피해자 1,485명으로부터 약 1,656억 원의 사기를 친 피의자 김 씨는 중년의 미남형 사기꾼이었다. 김 씨는 사기 전과가 있는 공범 5명과 함께 서울 강남구에 '타스 씨앤엠'이라는 회사를 차려, 충북 음성군에 있는 공장에서 '저품질 육류를 특허받은 기법으로 고품질로 가공하여 판매하는 사업'을 하고 있다며 투자를 권유했다. 원금 보장은 물론 40일 후에 투자금의 3퍼센트의 수익을 주겠다, 다른 투자자를 유치하면 3~5퍼센트를 추천 수당으로 지급하겠다는 등의 내용으로 사람들을 속였다.

저등급 육류를 0도부터 냉동 직전까지의 온도로 숙성해 맛과 영양을 동시에 높이고 1등급으로 만들 수 있는 특허 기술이라고 홍보했고, 나중에 투자한 사람들의 투자금을 먼저 투자한 사람들에게 지급하는 속칭 '돌려막기'식으로 돈을 가로챘다.

이런 사기 수법은 먼저 투자한 사람들에게 약속한 배당금을 지급하는 모습을 보여주어야 다른 투자자들을 끌어들일 수 있기 때문에 일정 기간은 배당금을 잘 지급한다. 그러다 투자금이 최대치로 들어왔다고 판단될 때 야반도주를 하기 마련이다. 김 씨도 한때는 투자자들에게 40일마다 약속했던 배당금을 지급했다. 그러다 점차 배당금을 지급하지 않더니, 베트남으로 도피한 것이다. 김 씨가 얻은 이익은 1,656억 원이지만 투자자들이 투자한 규모는 총 1조 112억 원에 이르렀다. 나머지 금액은 강남 사무실 임대 및 충북 음성 공장 건설 등 사기를 위한 투자금으로 사용했다고 한다.

공조 요청이 접수되었을 당시 피의자에 대한 수배가 총 17건이었고 피해액이 매우 컸다. 추적 과정에서 피의자가 일본과 중국에서 활동한다는 첩보를 입수해 중국과 일본 인터폴을 통해 확인해본 결과, 2019년 3월부터 5월까지 3차례 일본에 방문한 사실을 확인하였고 중국에서는 2019년 9월 5일 심천에서 베트남으로 건너갔다는 사실을 알 수 있었다. 방문 사실 외에는 특별한 내용을 더 입수할 수 없었다. 다만, 이때 방문했던 베트남을 도피 국가로 삼은 것으로 분석되었다.

처음에 수사 부서로부터 이 사건을 접수받고 인터넷으로 어떤 회사인지 검색을 해보았다. 공장도 구비해놓고 각종 언론에 적극적으로 홍보하는 등 정상적인 사업 같아 보였다. 또한 피의자가 점잖게 잘생긴 데다가 거짓일 수 있겠지만 책도 한 권 발간한 것으로 나온다. 기부 활동도 많이 하는 것처럼 보였고 미스코리아 선발 대회 심사위원까지 지낸 걸로 홍보하고 있었다. 이러니 피해자들이 속을 수밖에 없었을 것이다. 하지만 자세히 조사해보니 김 씨와 공범들은 비슷한 사기 수법으로 여러 차례 감옥에 다녀온 전문 사기꾼들이었다.

숨 막히는 추격극

김 씨가 베트남으로 도피한 것이 확인된 이상, 모든 역량을 베트남에 집중해야 했다. 베트남 경찰 주재관과 평소 협조가 잘되고 있는 베트남 공안부 외국인추적전담팀과 지속적으로 정보를 주고받았다. 김 씨의 최측근이 베트남에 입국했다는 첩보를 확보하면서, 분명히 그 사람과 만날 것으로 예상되었고 그를 추적하여 체류 지역을 알아내게 된다. 베트남 공안부 외국인추적전담팀은 이 지역에 거주하는 한국인들을 대상으로 조사를 했고, 김 씨가 은신하고 있는 아파트를 특정할 수 있었다. 외국인추적전담팀은 김 씨를 검거하기 전에 최종 확인을 위해 사진 한 장과 동영상을 우리에게 보내주었다. 카페에 있는 김 씨의 모습이 찍힌 사진과 엘리베이터를 타는 모습이 촬영된 CCTV 동영상이었다.

자칫 잘못하면 엉뚱한 사람을 불법체포 하게 될 수도 있다. 우리는 받은 사진을 보고 확인했고 수사 부서에도 전달하여 크로스체크를 했다. 동영상과 사진을 통해 김 씨가 맞다고 결론 내린 후 베트남 공안들에게 "김 씨가 맞으니 빨리 잡아달라"고 요청하였고, 외국인추적전담팀이 김 씨를 검거하였다.

수사관서는 이 사건 관련자 27명을 수사했고 이중 부회장, 사장 등 3명을 구속했다. 피의자 김 씨를 송환하기 위해 우리 경찰 호송관을 파견하여 2022년 4월 7일 국내로 송환하였다. 이 송환은 코로나19로 그간 중단되었던 송환이 재개되는 것이라 의미가 깊었다. 수많은 사기꾼들을 잡아서 국내에 송환하여 처벌을 받게 하고 있지만 또 다른 사기꾼들이 끊임없이 해외로 도피하고 있다. 대한민국 인터폴 업무는 다람쥐 쳇바퀴 돌 듯 끝없이 반복되고 있다. 우리의 삶처럼 말이다.

제2의 조희팔 마 씨의 4,102일 도피 생활

추적의 실마리

인터폴계장으로 발령받고 제일 처음에 한 일 중 하나가 해외 도피자 중에서 먼저 추적해서 검거해야 할 리스트를 작성하는 것이었다. 그 리스트 중에서 최상위에 올라온 범죄자가 바로 제2의 조희팔로 불리는 마 씨였다. 마 씨는 국내에서 3,200억 원 규모의 통신 다단계 사기 범행을 주도한 후 중국으로 밀항하였고, 필리핀에서 도피 생활을 하고 있었다. 도피 중에도 호화 생활은 물론이고 체포될 것을 우려하여 항상 다수의 무장 경호원들을 대동하고 다녔다.

여기까지 보면 생각나는 영화가 있다. 세기의 사기꾼과 이를 추적하는 형사의 내용을 그린 영화 〈마스터〉이다. 이 영화에서도 사기꾼 진 회장이 국내에서 다단계 사기 범행 후 중국으로 밀항하여 필리핀에서 호화로운 도피 생활을 한다. 업무와도 관련 있기 때문에 이 영화를 매우 흥미롭게 보았고, 마씨를 송환하고 싶은 마음이 더욱 강해졌다.

한동안 마 씨를 추적할 이렇다 할 단서가 없었다. 현재 사법 시스템상 잊혀졌다는 게 더 정확한 표현일지도 모른다. 그러다 마 씨 이름이 국내 수사기관에 오르내리게 된다. 그가 필리핀에서 다른 사기를 저지르면서 다시 수사 대상이 된 것이다. 마 씨는 공범 31명과 공모하여 필리핀에 금융 피라미드 조직을 구축하였고, '○○코인이라는 가상화폐를 구입하면 7개월 만에 2배의 수익을 올릴 수 있다'고 홍보하여 35,974명으로부터 투자금 1,552억 원을 가로챘다. 당시 가상화폐 사기액으로는 최대 액수였다. 그는 투자자들을 초대하여 투자 설명회를 하고 같이 유명 관광지에도 놀러 가면서 친분을 쌓았는데, 이렇게 극진하게 잘 대해주는 것에는 속셈이 있었다.

당시 마 씨에 대한 수배는 '방문 판매 등 법률 위반' 등 총 10건이었다. 한편 경기남부경찰청 인터폴 국제공조팀(당시 인터폴 추적팀)에서 마 씨에 대한 첩보를 입수했다. "마 씨는 기독교 신자로 일요일 오전에 필리핀 내 한인 교회 예배에 가끔 참석한다. 이때 군 출신 경호원들과 함께 밴을 타고 오며,

혼자 조용히 예배를 본다. 필리핀에 정착한 후 4~5명의 여성과 결혼을 했고 가장 최근 부인은 아이비(가명)이다."

수사관서인 경기남부경찰청 국제범죄수사대에서 이 사건을 수사하면서 국내에 있는 대부분의 공범들은 검거하였지만 사실상 주범인 마 씨는 필리핀에 있어 검거하지 못했다. 수사를 담당하던 팀장과 팀원들이 우리 사무실에 찾아왔고 그동안 수집한 마 씨에 대한 첩보를 설명했다. 이 설명을 듣고 수사팀이 얼마나 열심히 수사를 했는지 알 수 있었다. 마 씨를 잡을 수 있다는 희망이 보였다.

인터폴계에서는 국제공조수사를 진행하지만 직접 수사를 할 수 있는 권한은 없었다. 이것은 사실 둘 다 할 수 있는 여력도 없거니와, 그 근저에는 권한 남용을 막기 위한 점을 고려한 것이다. 개별 수사와 국제공조를 같이 할 권한이 있고 편의에 따라서 선택적으로 국제공조를 할 수 있게 되면 권한 남용이 되기 쉽다. 밝힐 수는 없지만 외부에서 특정 건에 대해 국제공조를 하라는 압력을 받은 적이 있다. 우리는 관련 절차를 설명했고 수사관서에서 요청을 해야만 국제공조가 가능하다고 답변하며 외부의 압박을 피해 간 적이 있다. 수사기관이 편파 수사를 하면 안 되고 누구에게나 공평한 법 적용을 위해 노력을 해야 한다. 그렇지 못한 경우 그 결과는 언젠가 그 수사기관에 돌아온다.

시도 경찰청 인터폴 국제공조팀에서 해외로 도피한 범죄자를 추적하는 인터폴계의 손발의 역할을 하지만, 일선 수사관서의 추적 수사에 대한 의지와 노력이 해외로 도망간 범죄자 검거에 중요한 역할을 한다. 수사관서의 추적 수사에 대한 노력과 인터폴을 통한 협력, 이 두 가지가 시너지를 발휘할 때 정말 좋은 성과가 나올 수 있다.

영화 같은 검거 작전

마 씨 검거를 위해 필리핀 경찰과 협의하에 수사팀 3명과 인터폴계 필리핀 담당을 공동 조사 명목으로 현지에 파견했다. 우리나라에서 수배한 우리 국적의 범죄자라 하더라도 현지에서 우리 경찰이 이 범죄자를 체포할 수는 없다. 그래서 검거팀이 아니라 공동 조사팀으로 파견하기로 했다. 나중에는 이와 비슷한 경우 '검거지원팀'으로 파견했다. 현지에서 범죄자 검거를 위해서는 코리안 데스크나 경찰 주재관의 도움이 반드시 필요하다. 사전에 코리안 데스크에게 필리핀 이민청 수배자추적팀에 검거 협조를 얻어놓도록 했다. 검거 작전에 앞서 가장 걱정되는 부분은 마 씨가 항상 경호원을 대동하고 다녀서 '총격전 등 불상사가 나지 않을까' 하는 것이었다.

필리핀은 총기를 합법적으로 구입하기 쉽고 불법 총기도 손쉽게 구할 수 있다. 이러한 이유로 필리핀에서 한 해 발생하는 살인 사건은 보통 8천~9천 건이고 많을 때는 1만 건이 넘는다. 우리나라는 평균 3백~4백 건 정도이다. 우리나라에서 1년 동안 발생하는 살인 사건이 필리핀에서 단 하루 만에 일어날 수도 있는 수준이다. 살인 사건 통계가 여러 가지 있으나 공신력 있는 유엔 마약범죄 사무소UNODC 2010년부터 2018년까지의 통계에 근거한 것이다.

검거 과정에서 자칫 총격전이 일어날 경우 사상자 발생 우려가 있어 마 씨를 호텔로 유인하여 호텔 안에서 검거하기로 했다. 필리핀에는 총기가 많아 총기 반입을 엄격하게 금지하는 곳도 많은데, 고급 호텔이나 쇼핑몰에서는 출입문 근처에 총기 검색대를 운용하여 무기를 들고 들어갈 수가 없다.

마 씨는 마카티 소재 한 고급 호텔에 방문할 예정이었고, 전날 공동 조사팀이 코리안 데스크와 필리핀 이민청과 함께 현장 답사를 진행했다. 검거 당일에는 혹시 예정보다 빨리 올 경우를 대비해서 오전 11시부터 현장에 인력을 배치하였다.

　드디어 오후 3시가 되자 마 씨와 그 일행들이 호텔에 나타났다. 경호원들은 호텔 밖에 있었고 마 씨와 동행 한국인 1명만이 호텔로 들어섰다. 이들이 무기 검색대를 지나서 호텔 로비로 들어온 순간, 계속 기다렸던 필리핀 이민청 검거팀이 바로 마 씨를 검거하였다. 별다른 충돌이나 저항은 없었다. 당연한 일이다. 검거팀만 총을 들고 있었으니 말이다.

　검거 직후 별다른 충돌 없이 마 씨를 검거했다는 보고를 받은 후에야 혹시나 불상사가 있을까 봐 며칠 동안 노심초사했던 마음을 가라앉힐 수 있었다.

　무사히 마 씨를 검거했지만 사실 더 큰 문제는 그때부터였다. 마 씨를 국내까지 송환해야 완전히 일이 끝나는데 송환이 만만치 않았다. 마 씨를 추적하면서 관련 기록을 전부 찾아보았는데, 기록에 따르면 마 씨는 이미 한 번 체포되었다 석방된 적이 있었다. 오래전에 필리핀 이민청에 검거되었다가 필리핀 상원의원의 보증으로 석방된 것이었다. 조사를 위한 출석을 담보하는 보증이었지만 그 후 마 씨는 조사를 받거나 재구금되지 않았다.

　이번에도 풀려나기 위해 온갖 꼼수를 전부 사용할 것으

로 예상되었다. 당시 필리핀 이민청 수배자추적팀 팀장이었던 바비는 이러한 사실을 잘 알고 있기에 우리에게 한 가지 제안을 했다. 마 씨를 이민청 수용소가 아닌 보안이 좀 더 좋은 필리핀 국가수사청에 감금하자는 것이었다. 마 씨가 이민청 수용소에서는 이미 한 번 석방된 적이 있었기에 바비의 의견을 받아들이기로 했다. 주필리핀 대한민국 대사관에서 필리핀 법무부에 공식 협조 요청을 보내어 마 씨는 이례적으로 이민청 수용소가 아닌 국가수사청에 구금된다.

노력으로 생긴
우연한 기회

그 이후로 마 씨는 현지에서 여러 사건으로 고소된 것이 확인되어 사건 조사를 위한 현지 구금 생활이 지속되었다. 경찰 주재관 등 주필리핀 대한민국 대사관에서 수차례 현지 관계자들을 만나 마 씨에 대한 국내 송환을 요청하였지만, 현지 사법 절차가 진행되고 있어 종료되어야 송환이 가능하다는 답변뿐이었다. 마 씨의 전력으로 볼 때 뭔가 꿍꿍이를 부리려고 계획 중일 수도 있었다.

마 씨의 송환이 급물살을 타게 된 것은 필리핀 전세기 단체 송환을 추진하면서였다. 예상하지 못한 곳에서 해결책을 찾게 된 셈이다. 단체 송환을 추진하면서 어렵게 만났던 필리핀 법무부 장관과 차관과의 면담 덕분이었다. 이들을 만날 수 있었던 것도 경찰 주재관과 코리안 데스크와 대사관의 도움 덕이었다. 필리핀 전세기 단체 송환 후에 한국을 방문했던 필리핀 법무부 장·차관과 우리는 양국 간 주요 공조 사건을 논의할 기회가 있었다. 그때 마 씨에 대한 국내 송환의 필요성을 어필했고 적극 검토하겠다는 약속을 받게 된다.

그다음 해 경찰청 외사국장과 함께 필리핀에 방문해 필리핀 사법 관계자들과 주요 현안을 논의하게 되었는데, 그중 필리핀 법무부 장관의 면담도 예정되어 있었다. 필리핀 법무부 장관과 만찬 시 여러 사건 이야기도 오갔고, 만찬이 끝날 무렵 장관이 "당신들에게 줄 큰 선물이 있다"라고 말했다. 순간 '설마 마 씨를 송환해준다는 이야기는 아니겠지? 혹시 귀국할 때 가져가기 힘든 물건을 기념품으로 주면 어떻게 하지'라는 생각을 했다. 외국 경찰관들이 간혹 전통 칼이나 무기 등을 기념품으로 선물하는 경우가 있는데 공항 통과할 때 어려움을 겪곤 했었다.

필리핀 법무부 장관은 웃으며 말했다. "마 씨를 한국으로 송환해줄 것이다." 예상하지 못했던 법무부 장관의 말 한마디에 그동안의 걱정이 싹 씻겨 내려갔다. '앓던 이가 빠지는 느낌'이었다. 마 씨 검거 후 오랫동안 송환을 못 했고 행여나 석방되거나 도주할지도 모른다는 걱정에 항상 찜찜함이 남아 있었다. 만찬이 끝나자마자 나는 바로 직원들에게 전화를 했다. "내일 수사팀에 연락해서 호송관 뽑고 바로 비행기표 예매해줘." 긴급하게 준비한 송환이었지만 일사천리로 진행된 덕분에 그다음 주로 송환 일정이 결정되었다.

마 씨는 국내에서 3,200억 원 다단계 사기 범행 후 중국으로 밀항했다가 필리핀으로 도피했다. 현지 사법 당국에 체포되었지만 풀려나 1,552억의 사기 범죄를 다시 저지르고 또 한 번 체포되었다. 마침내 2018년 1월 31일 송환됨으로써 장장 11년 2개월(4,102일)간의 도피 행각이 막을 내리게 된다. 마 씨가 송환되고 나는 책상 한쪽에 오랫동안 꽂혀 있었던 마 씨에 대한 파일철을 꺼내서 바로 분쇄기에 갈아버렸다. 추적과 검거, 그리고 기나긴 송환 여정을 위해 노심초사했던 우리 마음도 같이……

3개 대륙을 거쳐 도망간
300억 원 사기꾼

국경을 뛰어넘는 도망자

국외로 도피하는 범죄자 중에는 한 나라에 머무는 것이 아니라 여러 나라를 오가며 도피 생활을 이어가는 사람들이 있다. 마치 숨바꼭질을 하듯 여러 국가로 이동하며 추적을 어렵게 만들려는 의도적인 전략이다. 하지만 교묘한 도피 시도에도 이들을 주의 깊게 지켜보면서 끈질기게 추적하는 사명감 높은 경찰관들이 있다. 말 그대로 '뛰어봐야 벼룩'이라는 말처럼 결국에는 고생은 고생대로 하고 추격하는 경찰관의 손아귀에 잡히는 경우가 대부분이다.

　　지방에서 은행원으로 근무했던 김 씨는 국세청 9급 공무원 출신으로 부동산 업계에서 조세 전문가로 알려진 전 씨를 찾아가 함께 위리치에셋이라는 투자회사를 설립했다. 물론 투자자를 속이는 것을 목적으로 만든 가짜 회사였지만.

서울 강남구 소재 회사 사무실에서 김 씨와 전 씨는 부동산 등 각종 다양한 사업에 투자하면 연 18~30퍼센트의 고수익을 보장하겠다며 수백 명의 개인 투자자를 모집했다.

금융감독원이 이들의 사기 행위를 파악하고 검찰에 고발했지만 이들은 아랑곳하지 않고 새로 유입된 투자자들의 돈으로 기존 투자자들에게 이자를 지급했다. 약속대로 이자를 받은 투자자들은 안심하고 더 많은 돈을 투자했고, 이렇게 투자받은 돈을 돌려막는 방법으로 사기를 저질렀다. 수익을 보장해주는 척하면서 들통나기 전에 최대한 많은 돈을 빼돌리려는 의도로, 쌓은 돈을 갖고 도망가는 수법이었다. 이들은 언론 광고 등을 통해 사람들에게 신뢰를 쌓으며 사기를 쳤다.

끊임없이 새로운 형태로
나타나는 폰지 사기

이러한 수법을 폰지 사기라고 한다. 폰지 사기는 투자자로부터 모금한 자금을 새로운 투자자들에게 이자나 배당금으로 지급하고, 기존 투자자들에게 수익을 보여주는 형태로 투자자들을 유인하는 사기 행위이다. 실제로는 투자 수익이 발생하는 사업 자체가 존재하지 않고, 이전 투자자들의 돈으로 새로운 투자자들에게 지급하는 피라미드 방식으로 이루어진다. 1920년대 이탈리아 찰스 폰지라는 사기꾼이 처음 사용한 것으로 알려져 있는 아주 전형적인 사기 수법인데, 여전히 통하고 있다. 특히 오늘날에는 부동산, 암호화폐, 예술품 등을 투자 대상으로 하는 폰지 사기가 등장하고 있으며, 최근에는 인공지능 투자 명목으로 폰지 사기를 저지르는 사례도 있다.

김 씨는 사기를 친 후 피해금을 챙겨 필리핀행 비행기를 탔다. 체포영장에는 피해 금액이 약 98억 8천만 원으로 나오지만 실제 피해 규모는 300억 원 정도였다. 일반적으로 이렇게 피해 금액이 크고 피해자가 많은 사건은 조사를 하는 데 오랜 시간이 소요된다. 시간이 많이 흐른 후에는 범죄자들은 이미 해외로 도피한 경우가 대부분이다. 영화에서 싸움 다 끝나고 경찰이 출동하듯, 범죄자가 해외로 도망간 후에 '유사수신행위의 규제에 관한 법률 위반'으로 법원에서 체포영장이 발부된다. '유사수신행위'란 금융 관련 법령의 허가 없이 사람들에게 돈을 받는 행위를 말한다. 이런 행위가 사기 범죄에 악용되어 이를 규제하도록 법률로 규정한 것이다.

수사관서에서 경찰청 인터폴계로 공조수사 요청을 하였고 우리는 피의자에 대한 인터폴 적색수배를 발부받는 동시에 출국 국가인 필리핀에 출입국 확인 요청을 보냈다. 확인해 보니 김 씨는 이미 필리핀에서 아랍에미리트UAE로 이동한 후였다. 아랍에미리트에 다시 출입국 확인을 요청하였는데 아랍에미리트는 행정 업무가 느리고 협조가 원활하지 못한 국가 중 하나이기에 답변을 얻기까지 상당한 시간이 소요되었다. 여러 루트를 통해 회신을 받기 위해 노력했고 우여곡절 끝에 피의자가 터키로 이동했다는 사실을 확인하게 된다. 이쯤 되자 우리도 오기가 생겼다. 인터폴계 직원들은 이 피의자가 다음에는 어디로 갔을까 궁금해하면서 서로 예상 도피 국가를 제시하기도 했다.

이번에는 터키 인터폴에 대상자의 출입국 조회를 요청했다. 터키에서 또다시 조지아로 이동했다는 사실을 알게 되었을 때 괘씸한 마음에 "이거 봐라"라는 혼잣말이 튀어나왔다. 여러 국가를 거치게 되면 추적이 점점 어렵게 된다. 우리는 다시 조지아 인터폴에 범죄자가 조지아로 입국한 사실과 그의 범죄사실에 대해 알려주면서 체포를 요청하였다. 이럴 때 범죄자가 어디에 체류하고 있다는 첩보를 얻었다면 수월하게 체포를 할 수 있겠지만 구체적인 첩보가 없어서 기다리는 수밖에 없었다.

2019년 7월 22일, 조지아 인터폴에서 피의자를 체포했다는 연락이 왔다. 우리는 조지아 인터폴이 요청하는 자료를 신속하게 준비해서 전달하였다. 해당국 인터폴에서 요청하는 자료는 예정된 기한을 조금이라도 넘기면 대상자를 석방하겠다고 하는 경우도 가끔 있다. 그래서 최대한 범죄자를 체포한 국가에서 요청하는 자료를 신속하게 전달한다.

김 씨의 한국 송환에 대한 행정 절차를 마친 후 한국으로 송환이 결정됐다. 코로나로 인해 송환이 지연되다가 2020년 12월 13일이 되어서야 김 씨는 국내로 송환될 수 있었다. 결국 한국을 출발해서 필리핀, 아랍에미리트, 터키, 조지아로의 도피, 아시아에서 중동으로, 다시 유럽으로 3개 대륙에 걸친 김 씨의 도피 여정이 결국 막을 내리게 된 것이다. 끈질긴 추적 끝에 김 씨를 검거하여 한국으로 송환했지만 마음이 편하지는 않았다. 현재 우리나라 사법 시스템상 피해자들의 피해금 회복이 거의 되지 않을 것을 잘 알고 있기 때문이다. 과연 피해금 300억 원 중 얼마나 되찾을 수 있을까? 김 씨가 몇 년 감옥에서 살고 나와서 숨겨둔 돈으로 잘 살까 걱정되는 건 나뿐일까?

대만 여당 당사 침입 절도 사건

대만 여당 당사에
침입한 한국인

2017년 8월 1일 새벽, 대만 여당인 민진당 당사에 침입하여 현금 9만 타이완 달러(한화 약 330만 원)를 절취하는 사건이 발생했다. 전날 행사로 문이 잠기지 않은 여당 당사에서 절도 범행을 저지른 사건이라 현지에서 크게 주목을 받았다. 그런데 이 절도 사건의 용의자가 대만인이 아니라 한국인 조 씨로 밝혀졌다. 조 씨는 절도 범행 후 다음 날 일본으로 도주하였으나 인터폴 적색수배자라는 이유로 입국이 거부되어 다시 대만으로 돌아와 대만 공항 내에서 머무르고 있었다.

그때만 해도 조 씨가 야당 당사 절도범으로 공개수배되기 전이라 조 씨는 공항 내에 별다른 제재를 받지 않았다. 조 씨는 새벽에 감시가 소홀한 틈을 타서 입국심사대를 뛰어넘어 밖으로 도주했다. 대만 경찰은 우리에게 이런 내용을 알리면서 조 씨의 휴대폰번호, 신용카드 정보 등 관련 정보를 요청하였다. 대만은 인터폴 가입 국가가 아니기 때문에 인터폴 전산망을 사용할 수 없었다. 따라서 대만의 국제공조 요청은 한국에 있는 대만 대표부 대만 경찰 주재관을 통해 접수됐다.

우리도 대만에 요청할 사안이 있으면 대만 대표부 경찰 주재관을 통해 요청한다. 2017년 대만 택시 기사가 한국인 관광객들에게 수면제가 든 음료수를 주고 성폭행하는 사건이 발생한 적이 있었다. 이때 대만 경찰 주재관을 통해 국제공조를 진행했다. 중국이 '하나의 중국' 원칙을 주장하며 대만의 인터폴 가입을 반대해왔지만 대만은 여전히 인터폴 가입을 위한 노력을 하고 있다. 어느 나라도 중국과 대만의 다툼에 관여하고 싶어 하지 않아 결론이 나기는 쉽지 않아 보인다.

한편 조 씨의 신상 정보를 받아본 우리는 깜짝 놀랐다. 그는 얼마 전에 필리핀에서 중국인들에게 도박 빚을 졌다가 갚지 못해 감금되었던 한국인 남성이었기 때문이다. 대만 절도 사건이 발생하기 얼마 전인 2017년 5월 31일이었다. 주필리핀 한국 대사관에 어떤 한국인 남성으로부터 '중국인들에게 감금되었으니 구해달라'는 신고가 접수됐다. 그는 마닐라 카지노에서 도박을 하다가 중국인들에게 도박 자금을 빌렸으나 돈을 전부 잃고 채무를 갚지 못해 감금되었다고 했다. 그때 감금된 한국인이 바로 대만 절도 사건의 범인 조 씨였다.

끝도 없는 도망길

경찰 주재관과 코리안 데스크의 노력으로 필리핀 경찰은 대상자를 구출할 수 있었는데, 구출하고 보니 서울 강남에서 특수절도로 수배가 내려진 수배자였다. 조 씨가 수배인 것을 알았지만 바로 검거할 수는 없었다. 그에 대한 국제공조 요청이 접수되지 않았고 따라서 인터폴 적색수배도 발부되지 않았기 때문이었다. 경찰 주재관의 보고를 받고 우리는 사건을 담당하는 수사관서에 연락해서 신속히 국제공조 요청을 하도록 지시한 뒤 인터폴 적색수배를 발부받았는데, 이렇게 적색수배를 받는 과정에서 당연히 조 씨는 사라졌다.

필리핀 어딘가에 숨어 있을 줄 알았던 조 씨가 놀랍게도 대만으로 도피해 있었던 것이다. 우리는 조 씨와 관련된 자료를 대만 경찰청에 제공했다. 조 씨는 공항에서 빠져나와 대만

신베이시 우라이 지역 온천 호텔에 숨었는데, 대만 경찰의 추적이 좁혀오자 인근 산으로 도망을 갔다가 결국 추적 중이던 대만 경찰에 체포되었다.

국가 망신을 톡톡히 시킨 조 씨는 경찰의 조사를 받고 대만 지방법원에서 징역 5개월을 선고받았다. 대만에서 형을 산 후 국내로 송환되어 특수절도에 대한 조사도 받게 되었다. 요즘에는 예전같이 현금을 많이 사용하지 않기 때문에 현금을 노리는 절도 역시 줄어들었는데, 이런 세상에 절도로 얼마나 많은 이익을 얻을 수 있는지 조 씨에게 한 번쯤 묻고 싶다.

조 씨를 체포하게 된 결정적인 계기는 조 씨에 대한 인터폴 적색수배를 발부받은 것이다. 인터폴 적색수배가 발부되어 조 씨가 대만에서 일본으로 입국하는 것을 방지할 수 있었다. 이렇게 해외로 도피한 범죄자에게 인터폴 적색수배를 받는 것은 아주 중요하다. 범죄자가 한국에서 다른 나라로 도피하고 또 제3국으로 도피하면서 계속 많은 국경을 넘어가게 되면 범죄자를 잡을 가능성은 점점 희박해진다. 그 범죄자에 대한 소재를 파악할 단서도 점점 얻기 어려워지기 때문이다. 국경을 넘지 못하게 하는 가장 효과적인 방법이 그 범죄자에 대하여 인터폴 적색수배를 신속하게 발부받는 것이다.

전자발찌 끊고 해외 도피한 양아치

강도 범행 후 도피

피의자 신 씨는 이미 강간 사건으로 10년간 전자발찌 착용 명령을 받은 범죄자였다. 그는 후배인 피해자의 집에서 강도 범죄를 저질렀는데, 피해자를 사시미 칼로 위협하고 손과 발을 케이블 타이로 결박한 뒤 "네 가족이 살고 있는 집에 애들을 보냈으니 협조하지 않으면 다 죽을 수도 있다. 여기 오기 전에 사채업자를 한 명 죽이고 왔다"고 위협하고 겁을 먹은 피해자에게 돈을 빼앗으려고 했다. 공포에 떨던 피해자는 자신의 모든 돈을 건넸지만 피해자가 가진 돈이 많지 않자 협박하여 저축은행에서 5,000만 원 대출까지 받게 하여 총 5,700만 원을 빼앗고 피해자에게 수면제를 먹였다. 피해자의 신고를 지연하게 하여 도망갈 시간을 벌기 위한 것이었다. 금방 들통 났지만 나름의 치밀함을 보였다.

　강도 범행 후 피의자는 아랍에미리트로 도피를 했는데, 코로나로 해외 비행 편이 대부분 막혀 있어 출국 가능한 나라가 별로 없어 우선 가능한 곳으로 나간 듯했다. '전자발찌를 착용한 사람이 해외로 출국할 수 있나'라는 생각이 들었다. 상식적으로는 좀 이상해 보이지만 법률상 가능하다고 했다. 규정상 전자발찌 착용자라도 증빙서류(여권, 항공권, 출국 목적 증명 서류, 해외 연락처 등)를 제출하여 심사를 받아 허가가 나면 출국이 가능하고 한다. 출국 허가를 받고 나면 출국할 때 법무부 보호관찰소 직원이 전자발찌를 해제해준다. 출국을 위해 준비해야 할 서류와 심사 과정을 고려할 때 신 씨는 범행을 사전에 계획했던 것으로 보였다.

　아랍에미리트 인터폴에 피의자에 대한 출입국 조회를 요청하였다. 또한 신 씨가 이전에 방문했던 국가를 확인하여 국제공조를 요청하였다. 아랍에미리트에 계속 머물기보다는 자신이 조금이라도 아는 국가로 이동할 가능성이 컸기 때문이다. 게다가 아랍 국가는 범죄자들이 좋아하는 술이나 유흥 등 즐길 만한 게 별로 없다. 술을 일반 마트에서 팔지도 않고 술을 파는 곳을 찾아가더라도 구매 허가증이 있어야 한다. 신 씨의 전력으로 볼 때 이런 국가에 머물 리가 만무했다.

나 좀 잡아가달라는
피의자의 등장?

얼마 지나지 않아 아랍에미리트 인터폴로부터 피의자가 체코로 출국했다는 정보를 받게 됐다. 신속하게 체코 인터폴에 피의자의 출입국 관련 정보를 요청했고, 체코 인터폴 NCB프라하는 신 씨가 프라하 공항으로 입국하여 프라하 시내 호텔에 투숙했다는 정보를 회신했다.

거기에다가 추가로 수사관서에서 중요 정보를 입수했다. 신 씨가 바츨라프 광장 인근에 있다는 위치 정보를 입수한 것이다. 위치 정보는 피의자가 소지하고 있던 전자기기를 통해 얻었는데, 신 씨는 한국 경찰이 자신의 위치를 알 것이라고는 꿈에도 몰랐을 것이다. 우리는 신속히 관련 정보를 체코 인터폴에 제공하고, 직접 전화를 걸어서 수색을 요청하였다. 체코 경찰은 우리가 제공한 정보에 따라 인근에서 동양인 남성을 찾아다녔다. 코로나로 외국인 관광객이 거의 없던 시기여서 동양인 남성을 찾기가 어렵지는 않았을 것이다.

체코 경찰은 9월 21일 05시에 신 씨를 체포하였음을 우리에게 알려왔다. 이렇게 멀리 떨어진 곳에서 체코 경찰과 인터폴전산망과 전화만으로 정보를 주고받고 범죄자를 체포한 것이다. 곧바로 피의자를 국내로 송환하는 절차를 진행했다.

코로나19로 비행 편이 제한적이어서 피의자를 국내로 호송해 오는 것도 복잡했다. 호송팀은 출입국 시 사전에 PCR 검사를 받아 음성이 나와야 했고, 비행 편이 많지 않아 이동 노선도 복잡했다. 인천공항을 출발하여 폴란드를 경유해 체코에 도착한 후 피의자를 인수받아 독일을 경유하여 귀국하는 일정이었다. 출국할 때는 호송관들만 있어 비행시간이 길다는 것을 제외하면 별다른 문제는 없었지만 귀국할 때가 문제였다. 귀국 시에 독일을 경유하는 일정이어서 변수가 생길 수 있었다.

변수를 최소화하기 위해 독일 경찰에 공항 내 에스코트 및 경비 등 사전 협조 요청을 했다. 독일 경찰의 긍정적인 답변을 듣고 호송관들이 출발하였다. 호송관을 선정할 때 여성 경찰관을 파견할지 검토하는 일이 있었다. 인터폴계 업무 담당이 여경이었는데 여경이 강도죄로 수배 중인 성범죄 전과자를 호송하는 것이 적절한지를 의심하는 상사가 있었기 때문이었다. 이 이야기를 들은 담당자는 '처음부터 검거할 때까지 담당했던 제가 직접 가겠다'고 끝까지 주장을 굽히지 않았다. 결국 담당자가 승리했다. 경찰관은 성별에 앞서 경찰관이다. 업무하는 데 있어서 성별은 상관이 없다고 생각한다.

담당자를 포함한 호송관들은 체코에 도착해서 신 씨를 만났는데 예상과는 달리 신 씨가 호송관들을 매우 반겼다. "제발 하루라도 빨리 한국으로 데려가주세요. 여기 식사도 먹을 수가 없고 말도 안 통해서 너무 힘이 듭니다." 우리나라에서 양호한 수감 시설을 경험했던 신 씨에게 동유럽의 수감 시설과 체계는 견디기 어려웠던 것이다. 체코는 예전 공산국가였던 나라다. 지금은 체제가 바뀌었어도 내려오는 문화와 전통은 쉽사리 사라지지 않는 법이다. 내가 겪어봤던 많은 공산국가였던 나라들도 그러했다.

아무튼 예상하지 못했던 신 씨의 적극적인 협력(?) 덕분에 호송관들은 현지에서 절차를 신속하게 마치고 신 씨의 신병을 인계받아 비행기에 올랐다. 경유지인 프랑크푸르트 공항에서는 사전 협조를 요청했던 독일 경찰의 호위하에 안전하게 호송을 진행하였다.

10월 21일, 호송관들은 신 씨를 국내로 송환했다. 야심

차게 준비했던 신 씨의 도피극은 성공적인 국제공조로 인해서 두 달도 못 가 막을 내리게 됐다. 왜 신 씨는 강도 범죄를 저지르고 검거가 뻔한 도피를 선택했을까? 전자발찌를 차고 사회 활동에 제약을 많이 느끼던 신 씨가 코로나19로 인해 더욱 답답함을 느끼고 최후의 발악을 했던 게 아닐까 싶다. 처벌을 받을 때 받더라도 마지막으로 자유를 느끼고 싶었던 것이었을까?

송환은 이례적으로 6일이나 걸렸다. 거리가 멀기도 했지만 코로나로 인해 비행 편이 거의 없었기 때문이었다. 송환에 큰 도움을 주었던 체코 경찰에게 최소한의 감사를 표하는 게 도리이기도 하고, 향후 국제공조를 위해서도 필요하다는 생각이 들었다. 우리를 도와주었던 체코 경찰 미히알라 하이노바 Michiala Hajnova에게 경찰청 외사국장 명의의 감사장을 보냈다.

사설 디지털 교도소 소장?

유출의 심각성과
사회적 파장

2020년 3월경, SNS 및 디지털 교도소 웹사이트에 개인정보를 무단으로 유출하는 사건이 발생했다. SNS 계정 등을 통해 얻은 제보와 성범죄자 알림e 내 개인정보 등을 유출한 것이다. 이 웹사이트에 총 171명의 성명과 사진 등 개인정보가 유출되었고 허위 내용도 있었다.

당시 조주빈의 n번방 사건으로 성착취물을 제작한 피의자들의 신상 공개가 이루어지지 않아 분노하던 국민들이 많았다. 이런 사회적 분위기에 편승하여 디지털 교도소 사이트에서 성범죄자의 개인정보와 범죄사실을 올려 많은 네티즌의 지지를 받고 있었다. n번방 사건 피의자들뿐 아니라 다른 성

범죄자들, 살인범, 기타 이슈가 되었던 사건의 범죄자들 관련 신상 정보가 올라와 있었다.

허위사실도 많았지만 분노한 대중들이 세부 내용의 시시비비를 가리기는 쉽지 않았다. 디지털 교도소 홈페이지를 만들어 이슈화한 사람은 바로 피의자 이 씨였는데, 이 씨는 이미 캄보디아로 출국한 상태였다. 우리는 수사관서의 요청에 따라 인터폴 적색수배를 신청했다. 캄보디아 인터폴에 이 씨의 출입국 조회를 요청한 결과, 캄보디아에서 베트남으로 이동한 사실을 알아냈다.

디지털 교도소 사이트 내 소개글

'디지털 교도소'는 대한민국 악성 범죄자들의 신상정보를 공개하는 웹사이트입니다. 저희는 대한민국의 악성 범죄자에 대한 관대한 처벌에 한계를 느끼고, 이들의 신상정보를 직접 공개하여 사회적인 심판을 받게 하려 합니다. 사법부의 솜방망이 처벌로 인해 범죄자들은 점점 진화하며 레벨 업을 거듭하고 있습니다. 범죄자들이 제일 두려워하는 처벌, 즉 신상 공개를 통해 피해자들을 위로하려 합니다.

모든 범죄자들의 신상 공개 기간은 30년이며 근황은 수시로 업데이트됩니다. 본 웹사이트는 동유럽권에 위치한 서버에서 강력히 암호화되어 운영되고 있으며, 대한민국의 사이버 명예훼손, 모욕죄의 영향을 전혀 받지 않습니다. 표현의 자유가 100퍼센트 보장되기에 마음껏 댓글과 게시글을 작성해주시면 됩니다.

한동안 지지를 받던 이 사건에 전환점이 되는 일이 발생했다. 디지털 교도소에서 누명을 쓴 대학생이 극심한 스트레스에 시달리다가 사망하는 사건이 발생한 것이다. 더 이상 명예훼손만의 문제가 아니라 대상이 된 사람들이 죽음에까지 이를 수 있는 중대 범죄가 된 것이었다. 우리도 이 씨 추적에 박차를 가하였다.

베트남 공안부 외국인전담추적반에 이 씨의 사진과 첩보를 통해 얻게 된 이 씨 추정 체류 장소 정보를 전달하고 검거를 요청하였다. 이 씨가 호치민에 체류하고 있다는 첩보가 있어서 우리는 하노이에 있는 공안부 외국인전담추적반을 호치민으로 이동해서 검거해달라고 요청했다. 평소 협조가 잘되는 베트남 공안부에서 흔쾌히 우리의 요청을 받아들였다. 하노이에서 호치민까지 직선거리만 1,137km이고 도로로 이동할 경우에는 무려 1,757km로 상당히 먼 거리이다. 베트남 공안 입장에서 출장하여 업무를 보는 게 상당한 부담일 것이다. 게다가 범죄자 검거가 하루이틀 만에 끝날 업무도 아니었으니, 어려운 요청을 들어준 베트남 공안부에 감사했다.

외국인전담추적팀은 우리와 주로 메신저로 연락을 주고받았는데, 그들이 보기에 한국 사람들이 비슷비슷해 보였는지 이 씨라고 생각되는 여러 명의 한국 사람 사진을 찍어서 우리에게 보내주었다. 베트남 공안들에게서 사진을 받을 때마다 기대를 했는데 번번이 엉뚱한 사람이었다. 엉뚱한 한국 사람들을 범인으로 오인해서 잡을 뻔한 적도 있었지만, 최소한 베트남 공안들이 이 씨를 잡으려고 열심이라는 것을 볼 수 있었다.

그러던 중 엘리베이터 안에서 이 씨로 추정되는 사람의 사진을 한 장 보내왔다. 이 씨가 맞는 것 같아 보였지만 수사관서를 통해 크로스체크를 할 필요가 있었다. 수사관서에서도 이 씨가 맞다고 했다. 특히 엘리베이터 안의 남자가 착용하고 있는 하와이안 셔츠가 이 씨가 평소 입는 옷이라는 참고인 진술도 확보했다. 외국인추적전담팀은 호치민 안푸 지역에 있는 이 씨의 은신처에서 잠복을 하다가 2020년 9월 22일 오후

6시경 귀가하는 이 씨를 검거했다.

이 씨는 도피 생활을 하면서 자신을 파나마에 거주하는 박 소장이라고 소개했다. 국내에 기술 지원을 하는 조력자가 있고 자신은 외국에 거주하고 있어 경찰의 수사망에서 완전히 자유롭다고도 했으나, 이 씨의 체포를 통해 이 말들이 모두 거짓인 게 들통나게 된다. 절대 안 잡힌다고 호언장담한 이 씨가 불과 두 달 만에 검거된 셈이다. 아마도 잡힐까 봐 두려워서 허풍을 쳤을지도 모른다.

이 씨를 검거해서 한시름 놓았지만 당시 디지털 교도소 사건 관련 기사가 연일 언론에 도배되었기 때문에 이 씨를 신속하게 송환해야 했다. 신속한 송환의 최대 걸림돌은 코로나였다. 당시 코로나19로 베트남 정기 항공편이 폐지되었고, 곧 항공편이 재개된다는 이야기가 있었으나 언제가 될지 기약은 없던 상황이었다.

미국 외교관 전용 특별 전세기

어떻게 비행기를 탈 수 있을까 고민하던 중 하노이 경찰 주재관이 좋은 정보를 얻게 되었다. 베트남에 있는 미국 대사관에 근무할 미국 외교관들이 외교관 전용 특별 전세기 편을 이용하여 베트남으로 입국한다는 내용이었다. 그런데 그 항공편이 베트남으로 입국하기 전에 한국을 경유해서 입국하는 노선이었다. 인터폴계 출신인 경찰 주재관이었기에 바로 미국 대사관과 협의를 진행하였다. 하노이 경찰 주재관의 노력으로 한국 경찰 호송관들이 탈 수 있는 자리를 확보했고, 미국 외교관들과 함께 베트남으로 입국한 후에 호송관들은 이 씨를 호송하여 다시 그 비행기를 타고 한국으로 오는 일정이었다.

전세기가 하노이로 입국하기 때문에 호치민에서 검거된 이 씨를 하노이까지 이동시켜야 했다. 호치민 경찰 주재관은 베트남 경찰과 협의하여 이 씨를 호치민에서 하노이로 이송하였고, 우리 경찰 호송관들은 미국 대사관 외교관 전용 특별 전세기에 탑승하여 하노이에 도착했다. 다음 날 베트남 공안으로부터 이 씨의 신병을 인수하여 마침내 이 씨를 국내로 송환할 수 있었다.

특별 전세기의 가격이 궁금한 사람도 있을 것이다. 다행스럽게 미국 측과 협의가 잘되어 통상적인 일반 여객기 요금에 준하여 지불하기로 했다. 비행 편이 없는 시기에 무척이나 싸게 비행 요금을 치른 셈이다.

이 씨는 국내 송환 때도 검거되었을 때 복장인 하와이안 셔츠를 그대로 입고 입국했다. 이 씨는 대마를 불법 거래하고 흡연한 혐의로 재판을 받게 되었으나 재판 전 베트남으로 출국하여 도박 사이트 홍보 등으로 번 돈으로 생활하다가, 조주빈 등의 n번방 사건이 국민적 관심을 받자 범죄자들의 신상을 공개하는 SNS 계정을 만들어 게시하기 시작했다.

공익을 위해서라고 주장했지만, 실질적인 목적은 돈이었다. 게시물을 내려주는 대가로 대상자들에게 돈을 받을 생각이었던 것이다. 정의구현 명목으로 후원금도 챙길 수 있었으니 여러모로 이익이 되는 사업이었을 것이다. 또한 자신의 범죄 행위를 은폐하기 위한 악의적인 목적을 가지고 자신에게 비협조적인 사람들의 신상을 무단으로 공개하고 허위사실을 게재하고 있었다. 한때 통쾌함을 느꼈을 수도 있지만 이 씨의 이러한 행위는 사법 불신을 조장하고 공권력에 대한 신뢰를 훼손하여 사회 전체에 악영향을 미치는 행위였다.

김성태 쌍방울 회장

조직폭력배 출신
기업 회장

몇 년 전 지인에게서 김성태 쌍방울 회장에 대해 믿기 어려운 이야기를 들은 적이 있었다. 그가 조직폭력배 출신이고 공격적 인수합병을 통해 쌍방울을 인수했다는 내용이었다. 지금은 다 알려진 이야기지만 당시에는 꽤나 충격적인 이야기였다. 내가 알던 쌍방울 그룹은 오래전부터 속옷을 제작하여 판매하는 회사였는데, 조직폭력배가 어떻게 회사를 인수하게 되었는지에 대해 놀라운 이야기가 돌았다.

　김성태는 어느 사이에 대북 송금 의혹 등으로 정치적으로 주목을 받는 인물이 되었지만 사실 우리 경찰은 정치적인 논쟁이나 이해관계에는 크게 상관이 없다. 이유가 어떻건 해외로 도피한 범죄자에 대해 수사기관에서 수사 중이고 법원에서 영장이 나왔다면 정해진 룰에 따라 추적을 한다. 중요한 사건의 피의자라면 조금 더 신경이 쓰일 뿐이다.

2022년 8월 수원지검은 김성태 전 쌍방울 회장이 공범들과 회삿돈 379억 원을 횡령한 혐의 등으로 우리에게 국제공조 요청을 했다. 경찰청 인터폴계는 경찰 수사기관일 뿐 아니라 검찰이나 해경 등의 다른 수사기관으로부터 국제공조 요청을 받고 인터폴 사무총국을 통해 적색수배를 받아주기도 한다. 또한 도피한 국가의 인터폴을 통해 범죄자를 추적하여 검거하고 있다. 다른 수사기관에는 인터폴 같은 전 세계적으로 통용되는 국제공조수사기관이 없기 때문이다. 비슷한 기관이 있더라도 그 기능이 인터폴에 현저하게 미치지 못한다. 다른 기관의 공조 요청이라고 소홀히 대하거나 하는 일은 없다. 결국 모두 대한민국의 수사기관이고 국민을 위한 일이라는 생각 때문이다.

김 씨는 2022년 5월 싱가포르로 출국했고 나머지 공범들은 캄보디아, 미국, 프랑스 등으로 도피한 상태였다. 싱가포르 인터폴에서 김 씨가 태국으로 출국했다는 정보를 얻고 바로 태국에 있는 한국인 주재관에게 연락을 해 태국 경찰과 공조로 김 씨를 검거할 수 있는 방안을 모색하도록 했다. '한국인' 주재관은 대한민국 사람이라는 의미가 아니라 성이 한 씨이고 이름이 국인이다. 평소 업무를 성실하게 잘했던 주재관이어서 믿고 맡길 수 있었다.

한 주재관이 태국 이민청 수사과장을 면담하여 김 씨 검거 협조 요청을 했고, 태국 측에서는 태국 내 체류지에 대한 정보가 없는 상황에서는 검거가 어렵다며 소재지를 특정할 만한 정보를 요청했다. 당연한 요청이었기에 우리는 김 씨의 소재를 특정할 단서를 찾는 데 주력했다. 김 씨가 태국에 입국하자 곧이어 다른 국가에 머물고 있던 공범 중 2명이 태국으로 입국했다는 사실을 알게 되었다.

이들은 김성태의 금고지기로 알려진 김 씨와 양 씨였다. 아마도 같이 도피 생활을 하기로 하고 태국으로 모였던 것 같다. 금고지기 김 씨가 과거 치앙마이에 있는 호텔에 체류했다는 사실과 양 씨가 호주 비자를 신청했다는 첩보도 입수했다. 비자를 신청했다는 사실은 향후 도피 국가를 예측할 수 있는 의미 있는 정보이다. 당시 태국 한인회 사회에서는 이들이 캄보디아 또는 미얀마로 밀입국했다는 소문도 돌았지만 소문만 무성했지 구체적으로 확인된 사실은 없었다.

경찰 협력관과
금고지기 김 씨 검거

그런 가운데 전부터 협의해오던 태국과 대한민국 간에 상호 경찰관 파견이 이루어지게 된다. '경찰 협력관'이라는 이름으로 단기간 경찰관을 상호 파견하는 것이다. 이들의 주요 임무는 자신의 나라에서 도피한 범죄자를 상호 검거하는 것이다. 한국 경찰청으로 파견된 태국 경찰관은 인터폴계에서 근무하였고 한국 경찰관도 태국 경찰청에서 근무하게 되었다. 이 건은 태국에 파견된 한국 경찰관에게 중요한 첫 임무였다.

금고지기 김 씨에 대한 소재 첩보를 바탕으로 당시 파견된 경찰 협력관이 태국 경찰청 이민국과 검거에 나섰다. 김 씨가 머물고 있었던 파타야 소재 콘도에서 잠복하던 중 콘도에서 나오는 금고지기 김 씨를 검거하게 된다.

검거된 김 씨는 자신은 김성태와 인척 관계이지만 금전 문제로 사이가 나빠졌으며 쌍방울 퇴사한 이후로 만난 적이 없다고 진술했다. 캄보디아에 있던 김 씨가 김성태와 비슷한 시기에 태국으로 입국한 걸 보면 진술의 신빙성은 없어 보였다. 경찰 협력관은 김 씨의 휴대폰에서 관련자로 보이는 사람들의 전화번호를 확보하여 태국 경찰에 전달했다.

한편, 태국 현지에서 김성태의 도피를 돕는 박 씨와 황 씨가 있다는 첩보를 입수했다. 박 씨는 김성태의 수행 비서로, 김 씨가 입국하기 전에 미리 태국에 입국하여 도피처 등을 준비한 것으로 보였다. 황 씨는 현지 교민으로 도피를 돕기 위해 소개받은 인물로 추측되었다.

한국인 태국 경찰 주재관은 김성태 등이 현지 교민 황 씨와 밀접하게 움직이고 있다는 정황을 파악해 태국 이민국 수사과장에게 이들의 인적 사항과 그때까지 확보한 첩보 내용을 제공하면서 검거를 요청했다. 태국 이민국 경찰들은 한 주재관이 제공한 정보를 기반으로 이들이 빠툼타니에 있는 골프장에 출입한다는 첩보를 확보하고 골프장에 잠복했다. 태국 경찰관들이 잠복을 하면서 피의자들의 사진을 출입자들과 일일이 대조하는 노력 끝에 2023년 1월 1일 오후 5시 30분경 김성태와 양 씨를 검거했다. 다만 수행 비서 박 씨와 교민 황 씨는 현장에 없어서 검거되지 않았다.

경찰 협력관이 검거한 금고지기 김 씨의 휴대폰에서 수행비서 박 씨의 연락처를 확보했고, 태국 경찰은 박 씨의 휴대전화가 현지 교민 명의로 되어 있는 것을 확인하였다. 여기에 해당 교민이 관여되어 있다고 판단하여 그의 차량을 추적해 오던 차에 골프장을 특정할 수 있었다.

이들의 검거에 가장 큰 역할을 했던 한국인 경찰 주재관은 나의 승진을 위해 열심히 추적하여 검거하겠다며 너스레를 떨었는데, 아이러니하게도 검거 바로 직전에 나는 승진에 누락되었다. 하지만 승진 발표 전에 검거를 했더라도 결과는 마찬가지였을 것이다. 경찰 조직의 승진 구조를 잘 알기 때문에 미련은 없지만 내가 특별하게 잘해준 것도 없는데 1년 동안 열심히 일해준 한 주재관에게 고맙고 미안할 따름이다.

한편 김 씨 등이 검거되자 캄보디아로 도피하려던 수행비서 박 씨도 인터폴 적색수배 사실이 발각되어 체포되고 말았다. 박 씨는 김성태와 공범들의 해외 도피를 도와 범인 도피죄로 수사를 받는 것으로 알려졌다. 결국 김성태는 2023년 1월 17일 언론의 주목을 받으며 국내로 송환되었고, 송환을 거부하던 금고지기 김 씨까지 2월 국내로 송환되며 우리의 임무도 여기서 일단락되었다.

에필로그

21년 전, 사회 정의를 실현하고 국민을 보호하겠다는 다짐으로 경찰관이 되었다. 그 다짐을 지키고 후회 없는 삶을 살기 위해 끊임없이 노력했고 내가 할 수 있는 모든 것을 바쳐 일해 왔다. 그 결과 내가 담당했던 분야에서 눈에 띄는 성과도 거둘 수 있었다. 물론 동료들과 함께 이룬 결과들이었다. 경찰청 인터폴계에서 함께 일했던 동료들, 인터폴 국제공조팀, 코리안 데스크, 경찰 주재관, 그리고 수사를 맡았던 담당 수사관들. 그들의 헌신과 노력 덕분에 사건을 해결할 수 있었다. 가장 먼저 이분들에게 감사의 마음을 전하고 싶다.

내가 노력하고 성과를 거두었음에도 계속해서 승진에 누락된다는 사실에 안타까움을 느꼈던 동료들과 지인들도 많았다. 하지만 마음을 내려놓자 나에게는 승진이라는 굴레에서 벗어나 새로운 기회가 펼쳐졌다. 배우 덴절 워싱턴의 말처럼

'편안함이 발전에 있어서는 역경보다 더 큰 걸림돌'이기에, 승진이라는 편안함에서 벗어나 새로운 도전을 할 수 있게 된 건 오히려 행운이었다.

경찰관으로서의 나의 소명은 어느 정도 일단락되고 있다고 생각한다. 아직 해결하지 못한 사건들이 마음에 걸리지만, 이제는 열정을 가진 후배들에게 배턴을 넘겨줄 때인 것 같다. 내가 이루지 못했던 것을 후배들이 더 잘 해낼 것이라고 믿어 의심치 않는다. 그리고 사명감 있는 경찰관들이 주어진 업무를 잘 해나갈 수 있도록 시민분들의 응원도 부탁드린다. 나는 어디에 있더라도 경찰 조직에 대한 사랑과 일선 경찰관들에 대한 애틋함을 잃지 않을 것이다.

마지막으로, 평범한 공무원이었던 나를 초보 작가로 발돋움할 수 있도록 많은 가르침과 도움을 주신 팩트스토리 고나무 대표, 뉴스타파 강혜인 기자, 21세기북스 직원분들, 그리고 항상 곁에서 응원과 지지를 아끼지 않았던 나의 아내와 딸 서현, 나의 어머니에게 진심으로 감사드린다.

앞으로 어떤 일을 하게 될지는 아직 모르지만, 끊임없이 배우고 성장하는 삶을 살아갈 것이다. 그리고 내가 경험한 것들을 바탕으로 사회에 도움이 되는 일을 하고 싶다.

KI신서 11901

지구 끝까지 쫓는다

1판 1쇄 인쇄 2024년 5월 21일
1판 1쇄 발행 2024년 5월 29일

지은이 전재홍
펴낸이 김영곤
펴낸곳 (주)북이십일 21세기북스

인생명강팀장 윤서진 **인생명강팀** 최은아 황보주향 심세미 이수진 유현기
공동기획 팩트스토리
디자인 나침반
출판마케팅영업본부장 한충희
마케팅2팀 나은경 정유진 백다희 이민재
출판영업팀 최명열 김다운 김도연 권채영
제작팀 이영민 권경민

출판등록 2000년 5월 6일 제1406-2003-061호
주소 (10881) 경기도 파주시 회동길 201(문발동)
대표전화 031-955-2100 **팩스** 031-955-2151 **이메일** book21@book21.co.kr

(주)북이십일 경계를 허무는 콘텐츠 리더

21세기북스 채널에서 도서 정보와 다양한 영상자료, 이벤트를 만나세요!
페이스북 facebook.com/jiinpill21 **포스트** post.naver.com/21c_editors
인스타그램 instagram.com/jiinpill21 **홈페이지** www.book21.com
유튜브 youtube.com/book21pub

서울대 가지 않아도 들을 수 있는 명강의! 〈서가명강〉
서가명강에서는 〈서가명강〉과 〈인생명강〉을 함께 만날 수 있습니다.
유튜브, 네이버, 팟캐스트에서 '서가명강'을 검색해보세요!

©전재홍, 2024

ISBN 979-11-7117-589-5 03810